o veneno
do caracol

RENATA MARINHO

O veneno do Caracol

astral
cultural

Copyright ©2023 Renata Marinho
Todos os direitos reservados à Astral Cultural e protegidos pela Lei 9.610, de 19.2.1998.
É proibida a reprodução total ou parcial sem a expressa anuência da editora.

Editora
Natália Ortega

Editora de arte
Tâmizi Ribeiro

Produção editorial
Ana Laura Padovan, Andressa Ciniciato, Brendha Rodrigues e Esther Ferreira

Preparação de texto
Luciana Figueiredo

Revisão de texto
Alexandre Magalhães, Carlos César da Silva e João Rodrigues

Design da capa
Tâmizi Ribeiro

Imagem da capa
M Parts Photo/Shutterstock; Kevin Bergen/Unsplash

Foto da autora
Nayara Melo

Dados Internacionais de Catalogação na Publicação (CIP)
Angélica Ilacqua CRB-8/7057

M29v   Marinho, Renata
             O veneno do caracol / Renata Marinho. – 1. ed. – Bauru, SP : Astral Cultural, 2023.
             224 p.

             ISBN 978-65-5566-396-9

             1. Ficção brasileira 2. Suspense I. Título

23-4366   CDD B869.3

Índice para catálogo sistemático:
1. Ficção brasileira

BAURU
Avenida Duque de Caxias, 11-70
8º andar
Vila Altinópolis
CEP 17012-151
Telefone: (14) 3879-3877

SÃO PAULO
Rua Major Quedinho, 111
Cj. 1910, 19º andar
Centro Histórico
CEP 01050-904
Telefone: (11) 3048-2900

E-mail: contato@astralcultural.com.br

*Para quem,
mesmo na escuridão,
consegue enxergar a luz
que existe dentro de si.*

nota da autora

Caro leitor,

Alguns traumas se tornam parte de nós. Estão tão enraizados que se misturam à nossa essência. Para a maior parte das pessoas, saber onde eles se escondem, e como domá-los, torna-se intrínseco à sobrevivência.

Embora o livro que está em suas mãos seja uma obra de ficção, nas próximas páginas você terá acesso a uma história repleta de traumas. As perturbações e os incômodos revelados pelos personagens infelizmente têm grandes chances de afetar alguns leitores que, porventura, tenham vivido experiências parecidas e que também tenham registrado essas marcas em suas mentes.

Tudo por conta da relação desequilibrada entre mãe e filha que, no geral, deveria ser o oposto do que vai encontrar. E me arrisco a dizer que, guardadas as devidas proporções dos desdobramentos em um enredo fictício, não é segredo o fato de que nem todas as relações familiares são saudáveis. Eis a base da formação dos traumas que se perpetuam.

Por isso, registro aqui meu alerta. De uma forma totalmente proposital, criei uma história de impacto, mas também a criei consciente de que poderia ser perturbadora para algumas pessoas. Portanto, se em algum ponto da narrativa alguma passagem lhe incomodar ao extremo, sugiro que não avance na leitura. Coloque sua saúde mental em primeiro lugar.

Desejo que você se surpreenda no final — considerando se tratar de um thriller psicológico —, e que até mesmo faça reflexões. Desejo ainda que meu texto jamais te afete de uma maneira negativa ou seja fonte de gatilhos.

Boa leitura.

prólogo

26 de julho de 2021
Adelaide Simon
Sopro de lucidez

Era o meu fim.
    Eu soube disso assim que nossos olhares se cruzaram naquele chalé. Por mais que eu fosse boa em resolver as coisas e sair de situações difíceis, não havia mais nada a ser feito. *E não era má sorte, era consequência.* Poucos olhares são tão poderosos quanto aqueles regidos pelo ódio, que são capazes de congelar qualquer alma que os aceite de frente. Não há como lutar nem como fugir.
    Ali, naquela noite fria e cercada por uma pequena mata que conferia ao chalé charme e solidão, a ilusão de segurança se desfez em poucos segundos. O silêncio gritava, dizia muito. Ele era meu. Era nosso.
    Operando no automático — talvez meu instinto de sobrevivência ainda nutrisse alguma esperança —, cruzei a sala fingindo ignorar o olhar. O piso era todo revestido de madeira, assim como os detalhes e as molduras das enormes janelas e os móveis embutidos em todas as paredes. Enquanto manuseava alguns pedaços de lenha com o

intuito de acender a pequena lareira, sabia que não veria o fogo pela última vez.

Como nenhuma palavra foi dita, meu corpo dava sinais de que a tensão havia alcançado o nível máximo. Apesar de invisível, havia um fio que nos conectava, que nos tornava um único ser. Um calafrio percorreu todo o meu corpo e desaguou nas minhas entranhas por longos segundos. Meu coração batia descompassadamente, era chegada a hora.

O ataque veio logo em seguida. O primeiro golpe, que senti na cabeça, muito provavelmente foi desferido com um tipo de instrumento de superfície dura sem forma definida, que caiu no chão assim que perdi o controle das pernas. O cachecol que estava jogado perto do sofá serviu para prender meu pescoço a uma mesa de ferro, que também compunha a decoração rústica da sala. Para chegar até ela, fui arrastada pelos cabelos. A minha passividade em relação àquela condição parecia desencadear ainda mais a raiva do outro lado. De fato, resistir era o que qualquer pessoa esperaria de mim. Mas eu não tinha mais forças para lutar.

Ainda que o ar começasse a entrar com dificuldade, tentei manter a cabeça levantada, buscando aquele olhar que oscilava entre o vazio e uma escuridão inédita. Com o canto do olho, evitando fazer esforço porque todo o meu corpo doía e a corda improvisada me sufocava, um novo calafrio me tomou, e esse não foi embora. Enxerguei uma seringa que já estava com a agulha encaixada. Antes de sentir o líquido percorrer as minhas veias, já não me importava mais com os socos e golpes que eu absorvia. Aquela dor era a menor que eu estava sentindo naquele momento. Não conseguir mais distinguir o sangue das lágrimas não estava no topo da minha lista de preocupações.

As coisas não precisavam ter terminado dessa forma.

Já com o rosto inchado e com dificuldade de abrir os olhos, tentei um último contato visual. Sem sucesso. Fui tomada por um ímpeto final que resultou em uma mordida no braço de quem conduzia a seringa e se aproximava do meu corpo. Para mim soou como um grito estridente, e, a julgar pelo gosto de sangue que agora, sim, identifiquei na boca, eu deixaria pelo menos mais uma marca.

Segundos depois, eu estava totalmente paralisada. A injeção mal aplicada no pescoço revelava seus primeiros efeitos. As mãos trêmulas e agitadas de minutos antes cederam lugar a um novo membro rígido e sem qualquer tipo de movimento. Mas a minha mente... não me deixou esquecer quem eu era.

Você sabe que merece, Adelaide.

O que veio em seguida foi uma mistura de sensações, da euforia ao choro compulsivo e involuntário. As lembranças eram tangíveis. Eu podia tocar em meus medos, dançar com os meus inimigos. Subitamente, tudo me foi tirado. O silêncio voltou a reinar, agora de dentro para fora.

Os móveis me encaravam, riam de mim em uma espécie de sincronismo macabro. As poucas luzes do lugar pareciam brilhar mais do que o normal. Tudo, absolutamente tudo, parecia ser mais intenso, vivo e forte. Inclusive a minha dor.

Antes de tentar respirar pela última vez... sorri por dentro.

Agora não era mais eu quem precisava de ajuda.

primeira parte

*Até que o sol não brilhe, acendamos
uma vela na escuridão.*

Confúcio

capítulo 1

27 de julho de 2021
Alice Simon

Com os meus olhos ainda fechados, embora já estivesse acordada desde as sete da manhã, e com movimentos suaves e ritmados, eu fazia uma espécie de carinho na cicatriz que tinha sobre o pulso direito. É quase impossível deixar a mente vagar até chegar a um nível em que os pensamentos simplesmente passem por você, sem exigir dedicação alguma, sem deixar resquícios de assuntos que não foram completamente resolvidos. Mas eu estava ficando boa nisso, em tentar me manter sã, sem olhar para o que realmente importava.

Nos últimos dias, a temperatura havia caído consideravelmente e, embora o inverno no Brasil não seja rigoroso como em outros países, fiquei surpresa ao verificar no celular que a temperatura era de nove graus com sensação térmica de seis. Preciso assumir que era confortável me esconder embaixo dos enormes edredons que minha mãe havia me dado. Poderia ficar assim por horas, quem sabe, dias.

Sem contar que o frio me ajudava com ainda outra questão: usando as blusas fechadas e de mangas longas, eu não precisava tentar esconder minha cicatriz. Para qualquer observador, mesmo os mais desatentos, era impossível não notar. Não apenas pelo tamanho considerável e pelo queloide, mas também porque atravessava o punho incrivelmente de ponta a ponta, o que teria — segundo o próprio médico que me atendeu — "facilmente provocado a morte". De certa forma, talvez aquela cicatriz representasse a minha sobrevivência e um lembrete diário de que estar viva não significava viver.

Quando o celular tocou por volta das oito da manhã, eu não poderia ter previsto tudo que estava para acontecer naquele dia. Do outro lado da linha, um delegado se apresentou e me passou algumas orientações. Não consegui processar o que havia escutado dele. *Homicídio.*

— Sei que são muitas informações, não precisa se preocupar com os trâmites. Pessoalmente eu te explico melhor. Aguardo você aqui, Alice, tudo bem? — A voz dele, segura e calma, refletia o contraste evidente entre nós. Eu tremia. Entendi que era para eu encontrá-lo dali a duas horas no Instituto Médico Legal. Tentei manter minha mente equilibrada, dentro do possível. Mas o simples fato de ter de encontrar alguém no IML para falar sobre um assassinato passava longe de qualquer normalidade. Até mesmo para o projeto de família que eu sustentava ter.

Não saberia descrever ao certo tudo que estava sentindo. As partículas de oxigênio pareciam encontrar dificuldade para se conectarem ao hidrogênio. E mais ainda para encontrar os meus pulmões. O ar estava pesado. *Ou talvez o peso fosse meu.* Os pensamentos que tomaram minha mente, agora, sim, exigindo concentração e exclusividade, me conduziam a acreditar que eu precisaria ser forte dali em diante. *Como será minha vida sem a minha mãe?*

Como o celular não parava de tocar, e mesmo sem querer dar atenção a quem quer que fosse, notei que alguns amigos e familiares perguntavam como eu estava. Como aquilo poderia ter acontecido? O que eu faria agora? Como se eu estivesse em condição de responder a qualquer dessas perguntas.

Neste intervalo de tempo entre a ligação do delegado e as mensagens que insistiam em chegar, não falei com ninguém. Só entrei em alguns sites de notícia para ver em que nível estava a repercussão da morte da minha mãe. Como eu já imaginava, todos estampavam com destaque a notícia de que a bem-sucedida empresária do setor agrícola havia sido encontrada morta em um chalé na pacata e turística cidade de Campos do Jordão, e justamente na semana em que estava acontecendo um importante congresso por lá.

Ela era notícia recorrente em sites e jornais espalhados pelo Brasil, e chegou até a ganhar destaque na imprensa internacional quando suas decisões polêmicas atingiram em cheio a compra e venda de insumos e produtos agrícolas. Claro que agora não seria diferente. Ela sempre seria destaque. Poucas pessoas tinham a capacidade de fazer da própria vida uma eterna primeira capa. Adelaide era uma delas.

O que me surpreendeu, na verdade, foi o nível dos comentários nas matérias. Os veículos sérios, que apuraram as informações, limitaram-se a tratar o assunto com um tom de mistério e sem muitas especulações. Afinal, as investigações só estavam começando e, considerando o cenário e a forma como ela foi encontrada, eles levariam algum tempo para obter as respostas necessárias para elaborar um material mais completo e definitivo sobre o ocorrido. Ainda assim, nestes canais, algumas pessoas não deixaram de comentar coisas do tipo "bem feito" e "não havia lugar melhor para ela morrer do que no meio da natureza que ela tanto odiava", "ela merecia mesmo que alguém a fizesse calar" ou "não entendo como alguém não fez isso antes".

O que não entrava na minha cabeça era por que pessoas que nem a conheciam destilavam tanto ódio gratuito? Esses desejos manifestados ali poderiam até dizer muito sobre quem era alvo dos ataques, mas revelavam a escuridão que habitava quem os nutria. *Quem fica feliz com a desgraça do outro ou mesmo lhe deseja coisas ruins não é tão odioso quanto?*

Já os veículos sensacionalistas não perderam tempo. Além das muitas especulações com o intuito de prender os curiosos e alimentar a imaginação de quem estava disposto a destinar tempo para pensar na história, havia também muita criatividade, pautada provavelmente pelos livros e filmes de suspense de quem escrevia e repassava as informações publicadas sem o menor fundamento. Esses canais, que, por incrível que pareça, têm audiências consideráveis, falavam em vingança, em desavenças empresariais, já que ela estava na cidade para participar de um evento voltado a temas controversos relacionados ao meio ambiente. E a vertente que tinha mais comentários fazia referência a um suposto amante que, por um motivo qualquer apontado na matéria, teria dado fim à vida dela usando de brutalidade. Essa especulação parecia ter agradado a maioria, que julgava combinar com aquele enredo misterioso. Afinal, um crime passional motivado, talvez, por uma paixão mal resolvida ou por desequilíbrio emocional de um namorado seria uma explicação para o ocorrido, além de ser mais comum e presente do que deveria nos noticiários.

A verdade é que eu não podia ter olhado tudo isso. Senti meu estômago revirar e achei melhor parar de ler e me arrumar para ir ao IML.

Como ela estaria fisicamente? Eu seria obrigada a vê-la?

Quando esses pensamentos começaram a ganhar força, parei por alguns minutos e me concentrei em controlar a respiração ofegante. Um dos jornais mencionou que o rosto dela estava deformado, irreconhecível. Minha mãe daquela forma, em condição deplorável, não era uma imagem que eu gostaria de ter dela. Principalmente em se tratando da última.

Os movimentos que se seguiram foram automáticos, dignos de quem já estava habituada a se arrumar sem se importar muito com a roupa ou se o cabelo estava em ordem. Na verdade, peguei a primeira coisa de vestir que vi pela frente e chamei um Uber, enquanto ainda me esforçava para passar pelo menos uma base no rosto, na tentativa de disfarçar a palidez e a inexpressividade mais aparente do que a habitual.

No trajeto, permaneci calada. A julgar pela minha cara e olhar concentrado na janela, seria realmente pouco provável que o motorista se arriscasse a puxar uma conversa. Naqueles 25 minutos de percurso, eu só conseguia pensar em como todas aquelas pessoas em seus carros, a pé, em ônibus lotados, conseguiam suportar suas vidas e rotinas. O cansaço estava estampado na cara da grande maioria.

Por trás de rostos maltratados e que refletiam o preço que se paga por viver em uma grande metrópole como São Paulo, estava embutido todo tipo de frustração. Independentemente da história de cada pessoa, o certo era que, ao longo de qualquer jornada, as decepções passavam a ser visitas mais frequentes do que as alegrias. E disso eu entendia bem, o amargor da existência me era muito familiar.

capítulo 2

Quando desci do carro, fui recepcionada por alguns jornalistas. Eu não era uma pessoa conhecida, pelo contrário, era apenas a filha da Adelaide Simon, mas era o bastante. Com o acontecimento funesto e a cobertura intensa da mídia nas últimas horas, veio também a exposição. O fato de ser sua única filha me tornava também sua herdeira, o que alimentava o interesse da mídia que por tanto tempo noticiou os passos e conquistas da minha mãe no mundo dos negócios. As perguntas vinham de todos os lados, e eu sequer conseguia identificar quem havia feito cada uma delas. Não avancei muito no trajeto, só o suficiente para o carro que me trouxe ir embora e eu me ver, mesmo que involuntariamente, no centro de um círculo do qual pipocavam flashes de câmeras fotográficas e luzes de câmeras ligadas na minha cara.

— Alice, você já sabe o que vai fazer com as fazendas e plantações de soja?

— Vai dar continuidade ao trabalho da sua mãe? Você defende as mesmas causas?

— Por favor, poderia dar uma declaração oficial para o nosso jornal?

— Quais são as suas suspeitas? Sua mãe tinha algum inimigo declarado?

— Você vai seguir em frente com os negócios da família ou passará o controle para algum diretor da companhia?

— Como era a relação de vocês? Você tem algum nome suspeito em mente?

Todas essas perguntas eram inoportunas. Ninguém ali tinha se dado conta de que, mais do que um personagem de matéria, eu era uma filha prestes a encontrar o corpo da mãe? Nem mesmo minha cara de espanto e repulsa fez com que eles interrompessem a abordagem. Eu me senti acuada, invadida. A última coisa que eu queria naquele momento era ter de responder a qualquer um daqueles questionamentos. Além disso, eu sabia que na verdade eles queriam apenas que eu cometesse qualquer deslize, para que pudessem continuar a criar novas hipóteses sobre o ocorrido. Além disso, o interesse genuíno era sobre o que eu faria com os negócios dela. Era inacreditável como tudo se resumia a poder, números, ações, próximos passos.

Concentrei-me em me esquivar com as mãos no rosto e avançar na caminhada para finalmente entrar no Instituto. Para minha sorte, o delegado Marcelo Duarte, com quem eu já havia conversado por telefone, veio ao meu encontro e afastou os jornalistas com alguma facilidade, o que, certamente, ele já havia feito inúmeras vezes.

— Não há nada o que falar no momento. Assim que as investigações avançarem, vocês saberão — ele informou, encerrando qualquer possibilidade de novas tentativas enquanto me ajudava a entrar. — Deem licença, por favor.

O tom de voz que conferia toda a autoridade necessária somado a uma arma aparente na cintura e a um distintivo exposto liberaram a passagem em poucos segundos.

— Obrigada, acho que sozinha eu não conseguiria passar — comentei, sendo sincera, assim que entramos.

— Na verdade, eu peço desculpas. Infelizmente é comum acontecer isso. Basta um assassinato de alguém famoso que os jornalistas acampam aqui na porta em busca de qualquer informação que possa garantir ao mais esperto o tal furo de reportagem.

Assassinato. Devo ter deixado escapar alguma expressão estranha nessa hora, porque o delegado me conduziu para uma sala próxima, segurando levemente meu braço. E pareceu se arrepender de ter pronunciado aquela palavra.

— Me acompanhe, por favor. Precisamos conversar com privacidade — disse, indicando o local com um movimento de cabeça.

Quando nos sentamos, me senti ainda mais desconfortável. Aquele lugar, no geral, era mais frio e impessoal do que eu poderia imaginar. É claro que o fato de reunir cadáveres de pessoas e seus parentes em sofrimento não contribui em nada para tornar qualquer espaço minimamente agradável. Não precisei de muito tempo para ter certeza de que, uma vez ali, qualquer pessoa jamais seria capaz de esquecer o assombro presente em cada canto, em cada objeto. O cheiro ajudava, e muito, a aumentar o desconforto e a sensação de perda. *A tristeza realmente tem o poder de impregnar.*

Sem vestígios de vida ou esperança, a sala que nos acolheu ecoava silêncio. Toda a mobília era de um marrom em diferentes tons. Na parede, logo atrás da cadeira giratória surrada e velha, um quadro informava: "O Instituto Médico Legal está subordinado à Superintendência da Polícia Técnico-Científica e foi criado com o intuito de fornecer bases técnicas em Medicina Legal para o julgamento de causas criminais". Foquei na leitura para despistar minha ansiedade.

Causas criminais... assassinato... Realmente aqueles termos me assustavam. Precisei me concentrar para ouvir o que o delegado começava a dizer. Seu corpo magro e franzino em nada ajudava nessa tarefa. Era difícil encarar suas olheiras marcadas, o cabelo impressionantemente preto, além do nariz fino e grande, sem associá-lo a um personagem que tivesse acabado de sair de um livro da minha adolescência para me receber no mundo real. Felizmente, a voz grave e imponente salvava o conjunto. E ele sabia fazer uso dessa característica com propriedade.

Analisá-lo me confortou de alguma forma, a falsa sensação de conhecê-lo fez com que eu me sentisse pronta para encará-lo sem maiores receios. O delegado Marcelo era a personificação de um estereótipo, segundo as minhas referências, que caberia em qualquer livro ou filme policial. E, sim, ele tinha um belo e espesso cavanhaque que parecia a parte mais bem-cuidada de seu corpo. De propósito ou não, ele despertava curiosidade. Pelo menos a minha.

— Dona Alice, tudo bem? Podemos continuar?

Não respondi nada, mas desviei os olhos do quadro e voltei minha atenção para ele novamente, o delegado continuou:

— Você aceita uma água ou um café? Bom, essa não é minha sala, resolvi vir para o IML apenas para acompanhá-la porque imaginei que as coisas estariam agitadas por aqui. Mas, de qualquer forma, posso conseguir o que a senhorita desejar.

— Obrigada, dr. Marcelo. Não quero nada, prossiga. — Eu só queria avançar na conversa e acabar logo com aquela situação.

— Só Marcelo, por favor. Como estava dizendo, sinto muito pela sua perda e sei que este local por si só torna tudo ainda mais difícil.

— Agradeço a sua preocupação e disponibilidade — respondi, da forma mais educada e sincera que consegui.

— O corpo da sua mãe já está aqui em São Paulo e, como não há dúvidas de quem se trata, não será necessário fazer o reconhecimento. Na verdade, a não ser que seja uma vontade sua, aconselho a não a ver. Ela ficou muito machucada, principalmente o rosto. Definitivamente, não é a última imagem que uma filha deveria guardar da mãe.

— Concordo totalmente e agradeço por isso. Já que não há essa necessidade, prefiro não ver — completei, encarando o delegado enquanto repetia movimentos ritmados com as pernas. — Quais são os próximos passos, então? — Tentei colocar o máximo de confiança e praticidade na voz. Características que minha mãe falaria para eu demonstrar em uma situação como essa.

Pensei rapidamente em quão irônico era tudo aquilo. Por mais que eu estivesse totalmente perdida e tentando colocar a cabeça em ordem, não tenho dúvidas de que ela falaria algo do tipo: "Alice, não demonstre suas fraquezas! Você precisa dar as cartas, nunca saia do controle e muito menos deixe que as pessoas percebam se isso acontecer". Era como se ela estivesse ao meu lado dizendo cada uma dessas palavras. Talvez o fato de saber que o corpo dela estava em alguma daquelas salas, perto de mim, tenha contribuído. E essa sensação me arrepiou e me deu um leve mal-estar, sem contar que gaguejar no final da frase era novo para mim. Com toda a certeza, passei todos os sinais contrários do que eu gostaria, mas o delegado pareceu compreender o meu conflito interno.

— Não existe um modo mais fácil ou delicado para descrever este processo, infelizmente. Então, vou tentar ser o mais objetivo possível. Daremos início à necropsia, que nada mais é do que o exame do corpo do indivíduo após a morte.

— É através deste exame que vocês vão descobrir o que aconteceu com a minha mãe? — Foi a única coisa que saiu da minha boca trêmula.

— Sim, saberemos principalmente qual foi a causa da morte, ainda desconhecida.

— Delegado... quais são as suas suspeitas?

— Bom, ainda é cedo para falar qualquer coisa que não soe como uma especulação infundada, mas eu estive na cena do crime e, a julgar pelo estado como o chalé ficou... e como sua mãe ficou... acredito se tratar de alguma vingança. Não houve roubo de nenhum objeto dela e a porta não foi arrombada, o que indica que essa pessoa muito provavelmente tinha acesso ao local. Quem entrou lá o fez apenas com o intuito de acertar contas e, pelo que tudo indica, conhecia bem Adelaide. Sabia que ela estaria sozinha, por exemplo. A propósito, você saberia me dizer se em vida ela tinha algum inimigo declarado ou até mesmo um namorado, como estão comentando?

Pelo visto não era só eu que havia lido as notícias que saíram sobre o caso.

— Até onde eu sei, minha mãe poderia ter vários inimigos, sim. Aliás, isso o senhor vai descobrir nas investigações. E como ela não era de muitos amigos, acho pouco provável a ideia de um relacionamento amoroso. Mas não posso afirmar com convicção que ela também não tinha uma pessoa.

— Entendo e sei que não é o melhor momento, mas em outra ocasião eu gostaria de poder conversar novamente com você e fazer algumas perguntas. Tudo bem?

— Certo, me coloco à disposição da polícia.

— Prometo que faremos tudo que estiver ao nosso alcance para desvendar o quanto antes o que houve com sua mãe. Por ora, evite acompanhar o noticiário ou dar entrevistas.

— Não se preocupe quanto a isso. Não tenho a menor intenção de me pronunciar ou ajudar a alimentar os sites de notícias. Posso fazer uma última pergunta?

— Claro, pergunte o que quiser.

— Um corpo só é encaminhado para cá quando se trata de uma morte violenta, certo?

Ele confirmou com a cabeça e pareceu escolher as melhores palavras para explicar. Fiquei pensando se ele agia assim com todo mundo que era obrigado a passar por isso ou se o cuidado era maior pela repercussão do caso e por se tratar de uma família rica. Nos livros que costumo ler, os delegados não são tão empáticos.

— Por lei, uma necropsia só é realizada no IML em três situações bem específicas. Quando é considerada uma morte violenta, mesmo que seja um acidente, um homicídio ou um suicídio. Quando existe qualquer tipo de suspeita em relação à causa de uma morte. E quando a pessoa não é identificada, mesmo se for confirmada a morte natural — ele recitou essa lista de forma cadenciada, com as mãos cruzadas em cima da mesa e com a serenidade de quem já havia decorado cada uma dessas palavras.

— Certo, entendi. E vocês serão responsáveis pela perícia também?

— O IML, assim como o Instituto de Criminalística, é estruturado por núcleos de perícia na Grande São Paulo e no interior. Contamos ainda com núcleos que realizam perícias especializadas em clínica médica, tais como anatologia forense, radiologia e odontologia legal. Além dos responsáveis por exames, análises e pesquisas como anatomia patológica, toxicologia forense e antropologia. Mas todos os núcleos de perícias especializadas estão baseados aqui, sim, na sede do IML. Posso perguntar o porquê desse interesse?

Apesar de não compreender tudo que ele havia explicado tão didaticamente, por nunca ter escutado quase nenhum dos termos, acredito que minha resposta o tenha surpreendido mais do que a objetividade da pergunta dele me surpreendeu.

— Seria um problema se, em paralelo às investigações de vocês, eu contratasse um investigador particular para me ajudar a obter algumas respostas?

— Curioso — disse, pensativo. Marcelo se ajeitou na cadeira, jogou o peso do corpo para trás e recolheu as mãos que estavam em cima da mesa. Com a mão direita alisou o cavanhaque três vezes antes de continuar: — Espero que não seja por falta de confiança em nosso trabalho.

— De forma alguma. Na verdade, entendo totalmente que a investigação conduzida pelo senhor é a oficial. Não quero atrapalhar, só preciso entender algumas coisas que ainda não estão claras para mim.

— Sendo assim, não vejo problema nessa investigação paralela. Até porque, muito provavelmente, você irá atrás de assuntos que estejam relacionados à vida pessoal da sua mãe, imagino.

Assenti sem a menor intenção de dar maiores explicações a ele.

— Agradeço mais uma vez sua compreensão.

— Alice, posso te indicar um amigo, se você desejar. Existem muitos detetives que não entregam o que prometem. Não sei qual é o seu intuito com isso, mas de qualquer forma é melhor, se optar por fazê-lo, que seja com um profissional qualificado e confiável. Reforçando, como você bem lembrou, nada do que você descobrir na sua investigação paralela poderá ser usado oficialmente por nós, ok?

— Aceito a sua indicação e estou ciente dessa condição. E se não houver mais nada a fazer aqui...

— Só preciso que você assine estes documentos, por favor. — E me entregou alguns papéis que já estavam separados sobre a mesa. — Assim que o corpo for liberado, entro em contato novamente para dar sequência ao processo e você poder realizar o enterro.

Enterro. Eu sequer havia me lembrado disso.

"*Quando eu morrer, Alice, não aceito ir para debaixo da terra! Não combina comigo ficar dentro de uma caixa a não sei quantos metros de profundidade. E outra, nada de promover aquelas cenas patéticas. Acho que ninguém iria chorar por mim, mas prefiro nem dar a chance daquele bando de gente falsa fingir que sente muito. Quero ser cremada e, se você não cuidar disso de forma digna, volto pra te assombrar, filha!*"

Quando me lembrei dessa conversa que tivemos, quase pude ouvir o som da gargalhada dela no final. Minha mãe era irônica, mas sempre certeira com as palavras. Voltar para me assombrar parecia ser algo que ela faria. *Ou já estava fazendo.*

— Alice? Tudo bem?

— Sim. Eu só preciso sair daqui. É muita coisa para lidar ao mesmo tempo, delegado.

— Claro. Voltaremos a nos falar em breve. Te acompanho até a saída. Quero me certificar de que os jornalistas não sejam inconvenientes de novo.

Levantamos ao mesmo tempo e ele logo abriu a porta, indicando que, por ora, havíamos terminado.

Marcelo realmente dava sinais de que entendia as pessoas que estavam do outro lado da mesa. Ou ele já havia passado por isso em sua vida particular, ou a rotina do seu ofício não havia sido capaz de torná-lo insensível a ponto de não se importar com o sofrimento alheio. As pessoas que encontrei ali tinham expressões gélidas. Algo naquele lugar me era arrebatadoramente indiferente e, ao mesmo tempo, inquietante.

Avancei um pouco mais do que a distância de algumas salas que ficavam próximas à recepção e comecei a sentir o cheiro de algumas substâncias químicas fortes invadirem de novo o meu nariz. Não sei se a morte tem cheiro. Mas, se tiver, com toda a certeza seria algo muito próximo ao que senti ali.

capítulo 3

Não saberia dizer quanto tempo fiquei naquele lugar. Na saída, havia poucos jornalistas, que, dessa vez, decidiram não me abordar. Com essa permissão para tentar absorver tudo que eu tinha vivido nas últimas horas, decidi caminhar. Precisava sair dali e pouco importava para que lado da rua eu iria. Tentei deixar o ar invadir meus pulmões, mas me pareceu mais poluído que nunca. Tive certeza de que o problema era eu. Não importava onde estivesse, a dificuldade em respirar me acompanhava. Focar no controle da respiração não me acalmou como eu gostaria, e geralmente funcionava. A verdade é que nada que eu fizesse, ou alguém que procurasse, poderia me ajudar a conseguir o que eu precisava. Minha alma continuava vazia, mas agora a escuridão me abraçava de uma forma diferente. Naquela altura, entendi que não existiria alento, porque não havia mais esperança.

Continuei a caminhar, com a mesma velocidade e determinação de uma tartaruga, e, poucos metros depois, o ímpeto de vomitar me dominou e não pude me controlar. Assim como não fiz questão de lutar contra as lágrimas que escorriam intensamente pelo meu rosto. Apenas me agachei, como se tivesse me rendido a mim mesma. Era a primeira vez que eu chorava em anos. E ali, mesmo que vez ou outra avistada por algum estranho que seguia seu caminho em uma rua pouco movimentada, eu estava sozinha e podia ser eu mesma. Poderia chorar até soluçar, não precisaria me justificar para ninguém. Não precisaria tentar mostrar que estava tudo bem. *Ela não estava mais me vendo.*

Já era fim da tarde, e o frio voltava a dar sinais de que não pouparia quem estivesse fora de um local fechado e quente. Sequei o rosto uma última vez com as mangas da blusa de moletom, que já estavam molhadas, e voltei a caminhar, agora em direção ao meu apartamento. Vi que a distância dali até em casa era de aproximadamente seis quilômetros, mas decidi que andaria até onde fosse possível e depois pegaria um Uber ou um táxi. *Eu só precisava seguir.*

A caminhada me ajudou a abstrair os pensamentos. Pela primeira vez no dia meu corpo indicou que estava tão exausto quanto a minha mente. Depois de tomar um banho quente e preparar um chá de camomila, retirei do bolso do moletom o cartão que o delegado havia me dado. Nele constava nome e contatos do investigador, além de uma citação embaixo do logo da empresa, a qual chamou a minha atenção: "As convicções são inimigas mais perigosas da verdade do que as mentiras". Logo reconheci a frase de Nietzsche, o filósofo alemão que estudei na faculdade. E senti que aquele detetive poderia me ajudar. *Ele precisava me ajudar a recuperar a minha vida.*

Antes de tentar dormir, deixei o cartão em cima da escrivaninha do lado da minha cama. Desejei profundamente que o dia seguinte fosse melhor do que aquele. Embora cansada, uma ideia fixa tomou conta de mim. De uma forma avassaladora, me apeguei ao fato de que precisava saber quem realmente era a minha mãe. E quem eu seria sem ela. Talvez essa fosse a única faísca de esperança que relutava em me abandonar.

capítulo 4

29 de julho de 2021
Tessália Andrade

Três dias após o ocorrido com a minha mãe, a única pessoa com quem quis conversar foi Tessália, minha amiga e confidente de longa data, desde a época da escola. Nunca entendi ao certo como isso era possível, mas ela era a única pessoa no mundo que não me julgava e parecia me entender, ou pelo menos se esforçava muito. *Como ninguém jamais fez.* Ao longo dos anos, e à medida que ela ia entrando na complexidade da minha vida, sua especialidade se tornou identificar como eu me sentia nos momentos mais difíceis, em especial naqueles em que eu não fazia a menor ideia do que fazer. Ela era muito boa nisso. Boa em acolher e respeitar os limites. Eu não fazia ideia se todas as amizades eram assim, mas ficava feliz por ter alguém como ela por perto.

Tessália era forte, era ouvida. Durante muito tempo, refleti sobre como ela havia conquistado o respeito das pessoas. Entre comentários soltos em conversas rotineiras, constatei que ela precisou se tornar essa pessoa para sobreviver. Negra, ela precisou lidar desde sempre com o preconceito velado da sociedade que em pleno século XXI ainda se incomoda com médicos pretos bem-sucedidos. Ainda na escola, ela se defendia como podia, com o conhecimento limitado comum a qualquer criança ou adolescente. Mas ela não deixava de responder quando alguém fazia alguma colocação sobre sua cor ou cabelo. Talvez a sua força venha daí, da necessidade de mostrar para os outros e para si mesma que essas marcas a fizeram uma mulher consciente, segura e pronta para se defender se preciso fosse.

Pedi para visitá-la, não queria ficar em casa. Não suportava mais receber flores, coroas de empresas, cartões e nem sei mais o quê, que chegavam sem parar no meu endereço. Aliás, quando foi que todo mundo descobriu onde eu morava? E desde quando minha mãe tinha tantos amigos daquele jeito? Considerando as mensagens parecidas dos poucos cartões que abri, percebi que eram compostos de frases clichês e copiadas, e aí, sim, fazia sentido. Todo o processo seguia um fluxo. Depois do espanto, as pessoas faziam questão de manifestar seu apoio falso e sentimentos inexistentes em forma de cartões notoriamente caros e arranjos imponentes, que cumpriam com seus respectivos papéis e simbolismo, dentro da encenação social.

No fundo, ninguém a conhecia o suficiente para escrever algo sincero. E se conhecessem... não enviariam um cartão.

Há quase três anos eu já não morava mais com ela. Depois que resolvi finalmente me posicionar e não seguir os seus passos no mundo dos negócios, nossa relação conseguiu ficar ainda pior. O que é surpreendente até para mim, pois eu não sabia que existia um estágio para além do fundo do poço. Discutimos inúmeras vezes sobre isso, até que ambas entendemos que não havia o que fazer. Pensávamos e agíamos de formas completamente diferentes. Na verdade, era bem difícil até mesmo qualquer tentativa de conversa civilizada. Sem respeito pelo outro, qualquer diálogo vira uma ofensa gratuita. O problema é que, em uma relação fragilizada e desconstruída dia após dia, o que resta são cacos de vidro que se acumulam e cortam silenciosamente os vínculos. Na contramão do amor está a decepção, que, uma vez semeada, se prolifera em uma velocidade assustadora dentro de qualquer um.

É claro que eu não sabia que pouco tempo depois dessa minha decisão enfrentaríamos uma pandemia que nos deixaria ainda mais isolados, embora altamente conectados pela tecnologia. Ainda assim, penso que minha decisão teria sido a mesma. Era melhor estar fisicamente sozinha do que dividir o mesmo teto com ela. Havia tempos eu era invisível naquela casa, mais um item da decoração impecável que, diferente dos outros, não era perfeito. *Sequer eu era o item mais caro ou valioso.*

Reuni forças por meses e pela primeira vez na vida tive coragem de seguir o meu caminho. Mesmo que isso significasse ir contra a vontade dela. Hoje, um pouco mais madura, percebo que talvez a Tessália tenha influenciado de alguma forma minha decisão. Ela é três anos mais velha que eu e, como teve o apoio dos pais desde sempre, já havia concluído o curso de psicologia que começou logo depois do ensino médio. Com convicção, ela já atendia os primeiros pacientes e começava a construir sua carreira, e eu não tinha a menor dúvida de que seria um sucesso. Diferentemente de mim, que, na mesma semana em que ela começou a clinicar, ainda estava brigando com a mãe para tentar mostrar que era capaz de tomar as próprias decisões e que havia feito a escolha certa.

A vida era minha, eu tinha esse direito, certo?

Senti um aperto no peito ao lembrar da nossa última briga. Às vezes, as discussões eram tão intensas que eu sentia meus órgãos se encolherem, se espremerem, para poder caber no tamanho delimitado da minha insignificância. E assim, retraídos, acovardados, não me davam força suficiente para argumentar ou defender meu ponto de vista. No fundo eu sabia que esse sentimento tinha nome, era medo. Aquele que paralisa, que sufoca como um aperto invisível da alma.

Minha mãe era uma das poucas pessoas que me fazia repensar cada atitude minha com um simples olhar. *Eu nunca me esqueceria do seu olhar.* Era penetrante, frio, condenador. Poucas vezes na vida eu a vi expressar algum sentimento de ternura ou afeto. Talvez essas emoções fossem desconhecidas para ela. E essas raras demonstrações aconteceram quando eu ainda era criança e, provavelmente, ela ainda tinha esperança de que eu fosse ser alguém na vida. Com uma inclinação cada vez mais voltada ao fracasso, eu me pegava questionando se realmente valia a pena tentar fazer algo que não fosse programado por ela. Afinal, todos à sua volta, inclusive eu, sabiam como ela era bem resolvida, segura, dona de si. E, ao que tudo indicava, dona das minhas vontades também. *E se ela realmente soubesse o que era melhor para mim?*

Então, por mais que eu tivesse uma opinião contrária ou não concordasse com algo que ela havia feito, preferia ficar na minha, ter paz e evitar qualquer tipo de discussão. Até porque a gente já sabia quem venceria. A não ser a última... uma semana antes. Será que tudo o que fiz foi realmente necessário? Ou eu poderia ter me mantido inexpressiva como sempre? *Os fantasmas não se arrependem. Se eu tivesse apenas me mantido invisível...* De qualquer forma, essa reflexão, assim como as outras centenas que borbulhavam em minha mente, teriam de ficar para depois.

Quando posicionei meu dedo no interfone para apertar o número do apartamento de Tessália, fui surpreendida com a voz do porteiro que me informou que ela já havia liberado a minha entrada. Realmente, mesmo de longe, minha amiga parecia sentir toda a ansiedade e angústia que tomavam conta do meu peito. Agradeci educadamente com um aceno o senhor que eu já havia visto outras vezes por ali. Percebi em seu olhar aquele sentimento de condolência, ou seja, todo mundo sabia quem eu era e o que tinha acontecido. Abaixei logo a cabeça e foquei no pequeno trajeto que me levaria ao meu refúgio — pelo menos por algumas horas.

E ela também parecia estar ansiosa. Já me esperava com a porta aberta e um meio sorriso tímido e sem jeito no rosto.

— Sei que essa é a pior pergunta que se pode fazer a alguém neste momento. Mas de verdade, como você está? — E me envolveu em um abraço com o que parecia ser toda a sua força.

— Sinceramente, não sei — respondi, já dentro do apartamento e ainda agarrada à minha amiga. *Eu não sabia, mas precisava desse abraço.* — Você sabe que os últimos tempos já não estavam fáceis... — continuei, nesse momento já a olhava de frente. — E agora, com tudo isso, ganha força a sensação de que eu não conhecia a minha mãe. E o pior não é isso. Eu faço menos ideia ainda de quem eu sou — confessei, abaixando a cabeça involuntariamente.

— Calma. Vamos por partes. Primeiro, você não precisa encontrar todas as respostas agora, de uma vez só. — Ela me puxou para a cozinha, me acolhendo com os braços, e começou a preparar um dos seus chás especiais que, apesar de a gente nunca conseguir identificar do que era, faziam um bem danado.

— Eu sei disso. Mas pelo menos preciso dar uma aliviada no meu coração... Você mudou a decoração? Seu apartamento está diferente.

— Alice, nem tenta. Não vamos desviar o assunto. Com toda a certeza a paleta de cores que uso na minha cozinha não é o seu foco de interesse agora.

— Ok, já vi que não tem como fugir de você.

— Você não quer ter essa conversa?

— Você está me perguntando como amiga ou como profissional?

— Como amiga.

Nesse momento, Tessália parou de mexer no fogão e se posicionou de novo à minha frente. Ela estava tão próxima que consegui sentir seu cheiro de perfume adocicado importado. A fragrância Trésor Midnight Rose combinava com ela: forte, marcante, mas ao mesmo tempo doce e nada enjoativa. Repousou as mãos nos meus braços de uma forma a conseguir segurá-los carinhosamente. Era um lembrete de que ela estava ali, por perto, me sustentando se fosse necessário. Então continuou:

— Não estou te analisando, só quero te ouvir e ajudar no que for possível. Olha, vamos no seu tempo. Mas, acredite, você não precisa passar por tudo isso sozinha e muito menos se culpar pelo que aconteceu.

— Você tem razão. — *Talvez eu precise mesmo desabafar.* — Eu não te contei o que descobri sobre ela um pouco antes da sua morte, eu ainda estava digerindo tudo. E acho que também não é o momento agora. Mas eu sei, eu sinto, que para me sentir melhor eu preciso descobrir quem era essa mulher que eu chamava de mãe.

— Você acha que isso vai te ajudar a sentir menos raiva dela, é isso? — Nesse momento ela me soltou e voltamos à sala já com as xícaras. Sentamos no sofá, com as pernas cruzadas e de frente uma para a outra. Como sempre fazíamos quando precisávamos conversar sobre algo sério.

— Não se trata mais de raiva ou decepção, mas de justiça.

— Justiça? Olha, Alice, definitivamente a relação de vocês estava longe de ser ideal para o que se espera de mãe e filha. Já conversamos muitas vezes sobre isso. Mas você precisa ter claro o fato de que eram e continuam sendo duas pessoas diferentes, com escolhas e sentimentos individuais. Você não precisa mais tentar entender ou justificar as atitudes da sua mãe.

— Preciso, sim.

Quando fiz esse comentário, provavelmente Tessália percebeu que não apenas havia coisas nessa história que ela não sabia, como também não adiantaria tentar me convencer do contrário. As cartas já haviam sido dadas e não se pode mudar o destino ou a sorte de alguém.

— O que você quer encontrar, Alice?

Perguntei-me se, em seu consultório, na clínica em que trabalhava e onde seu pai a havia orientado a pleitear a vaga porque conhecia boa parte dos profissionais — e porque sabia que seria uma segunda escola para filha —, ela seria tão direta com os pacientes. Foram inúmeras as vezes que a ouvi encher a boca para falar que estudar os fenômenos psíquicos e comportamentais do ser humano eram sua verdadeira paixão. Porque, segundo ela, era a partir dessa análise que se tornava possível compreender as emoções, as crenças e as ações dos outros. E que só assim ela seria capaz de ajudar as pessoas e direcionar os melhores tratamentos. Para ela, cada um deles era realmente especial. Não era apenas um número do plano de saúde ou uma somatória de casos no final do dia para preencher relatórios e analisar com displicência. Cada um tinha nome, características únicas, e ela se empenhava em tentar entendê-los, suas motivações e angústias. De fato, fazia parte da sua essência querer ajudar, e eu admirava isso na minha amiga.

Estávamos ali, nos encarando, e eu sabia que podia confiar nela. Mas que também não precisava colocá-la em uma posição que ela não merecia.

— Caramba, Tes! Você disse que não ia me analisar quando eu cheguei — respondi, forçando o melhor sorriso para tentar encerrar aquele assunto que já havia ido longe demais.

— Desculpa! Sem dúvida, este não é o momento para termos esse tipo de conversa, me perdoa. Eu só queria dizer que você é uma pessoa incrível, amiga. Eu conheço você há anos, conheço seu coração. E o que estiver atormentando sua mente precisa ser resolvido para que você possa experimentar viver em sua plenitude, sem amarras, sem medo de decepcionar alguém.

— E se eu não gostar dessa minha versão autêntica? E se ela me assustar mais do que agradar?

— Se isso acontecer, Alice, significa que você é um ser humano normal! Que erra, acerta, sente medo, aprende. Ou você realmente acha que todas as pessoas estão certas e seguras o tempo todo em suas vidas? — Tinha ironia e sinceridade naquela pergunta. — Além disso, enquanto não se confrontar com os demônios que estão muito bem escondidos aí dentro, você nunca saberá se eles realmente podem ou não te aprisionar.

Ela realmente me conhece como ninguém.

— Talvez você esteja certa. Na verdade, acho que não tenho muita escolha... o jogo já começou.

— Jogo? Escolhas? Agora, sim, você está começando a me assustar. Tem alguma coisa que você precise me contar agora, Alice?

— Fica tranquila, foi jeito de falar. Mas tomei uma decisão que quero compartilhar com você e que acho que vai me ajudar a colocar minha vida nos trilhos. Vou contratar um investigador particular para cuidar do caso da minha mãe... Estou esperançosa — reforcei, animada e cruzando os dedos.

— Você diz... para investigar a morte dela?

— A morte, não. Me interessa saber o que ela fez em vida.

capítulo 5

Assim que voltou para casa, Alice abriu uma garrafa de vinho e sentou-se na varanda do seu apartamento. Quando o escolheu, o fez por dois motivos. Primeiro, porque era alto o suficiente para não ter outro apartamento de frente para o seu. Queria liberdade total, privacidade, pelo menos ali. Depois, porque quando olhava para baixo via tudo muito pequeno. As pessoas pareciam verdadeiras miniaturas se deslocando de um lado para o outro. Os veículos pareciam de brinquedo. No alto do vigésimo quinto andar, ela era única, grande e tinha uma visão privilegiada da vida. Se não da sua, então da vida dos outros.

Vez ou outra gostava de ficar ali, observando. Ficava imaginando como todo aquele movimento de carros e pessoas fazia parte de um fluxo que era replicado em todos os outros prédios, e não apenas em São Paulo. Cada janelinha daquela era uma casa. Era fruto de escolhas de uma vida. De uma família. Tudo era tão pequeno e ao mesmo tempo significava tanto. Ficou presa por alguns minutos observando uma dessas janelas que, embora não ficasse perto por estar no bloco ao lado, com esforço e foco, permitia uma certa visão do interior do apartamento vizinho.

Duas crianças brincavam na sala com uma mulher, provavelmente mãe delas. Não dava para ver se tinha mais alguém na casa, mas mesmo de longe era possível perceber que estavam felizes. Não estavam com celulares nas mãos para mostrar aquele momento para alguém, então era uma alegria genuína que não precisava ser compartilhada, a não ser por quem estava ali, dividindo aquele momento e criando memórias.

Alice pensou em como seria se tivesse tido um irmão. Se suas memórias, principalmente da infância, seriam diferentes. Mas se pegou rindo do fato de que, mesmo que tivesse um, dificilmente eles teriam vivido algo parecido com o que estava vendo naquele apartamento. Adelaide não era esse tipo de mãe, que se deitaria no tapete da sala para jogar algum jogo com os filhos. Ela não teria tempo para isso e, muito provavelmente, nem vontade.

Seu estômago a lembrou de que beber sem comer é uma péssima decisão. A garrafa de vinho já estava seca, e Alice não se lembrava da última vez que havia se alimentado. Mais cedo, na casa de Tessália, recusou os quitutes que a amiga havia preparado para elas. Ainda agora não estava com fome, mas estava com uma espécie de raiva. Dessas que são traiçoeiras, alimentadas quando você sabe que, por mais que deseje algo com todo o seu coração, nunca vai ter.

Sentiu um nó na garganta se formar de repente. Levantou-se e olhou de novo para aquela família, para a entrada do prédio lá embaixo, para o interior vazio e escuro do seu apartamento. Quis gritar, colocar toda a sua dor para fora, como se isso fosse possível. O máximo que conseguiu foi quebrar a taça que segurava, quando a jogou contra a parede da área gourmet da sua cobertura. Reprimiu o choro, segurou o grito. *De novo.*

Achou melhor não beber mais e abriu a geladeira. Estava praticamente vazia. Precisava tentar comer, então pediu alguma coisa pelo aplicativo. Enquanto o pedido não chegava, ainda com o celular em mãos, abriu seu álbum de fotos mais recentes, sugestão do próprio organizador de fotos do aparelho, que avisou que uma nova montagem estava disponível em sua galeria. Ficou curiosa e estava entediada, combinação perfeita para explorar o que tinha ali.

A recordação revelada a fez analisar a imagem por alguns minutos. Ela e Adelaide estavam abraçadas, sorridentes, no escritório da empresa.

Sobre a tela, um texto indicava que havia sido tirada há quatro anos. Quem tivesse acesso àquela foto poderia até imaginar que elas, de fato, eram mãe e filha no sentido mais profundo que esta relação pode sugerir a alguém.

Além dos laços sanguíneos, a semelhança na aparência das duas também impressionava. O tom de pele branco, de uma palidez saudável, ganhava ainda mais expressão porque era destacado pelos longos cabelos lisos e ruivos, e os olhos de ambas eram azuis.

Em casa, Alice aprendeu ainda muito cedo que era uma criança especial, única. Na escola, à medida que ia crescendo e ampliando seus conhecimentos, finalmente entendeu o que a mãe lhe dizia com entusiasmo: ser ruivo é resultado de uma mutação genética promovida por um gene recessivo. Quando fez essa primeira descoberta por volta dos seus treze anos, logo se interessou pelo assunto e, ao aprofundar sua pesquisa, descobriu também que os ruivos naturais representam apenas de 1 a 2% da população mundial. Considerando ainda os olhos azuis, condição mais rara e que só se torna possível caso ambos, pai e mãe, fossem portadores do gene — que era o caso da família de Alice.

Ainda na adolescência, além da aparência, começou a descobrir que as pessoas ruivas também apresentavam algumas peculiaridades, tais como serem mais sensíveis ao frio, o que ela sentia na pele, literalmente. E certa vez leu em algum livro que a mãe lhe dera de presente que os ruivos eram mais tolerantes à dor. Isso porque, segundo indicava a publicação, a mutação do gene MC1R provocava uma liberação excessiva de feomelanina, que pode interromper a receptividade da dor pelo cérebro. Consequentemente, precisavam de mais anestesia para serem sedados.

Na época, achou as descobertas interessantes, porém sem muita utilidade. Embora hoje existam vários estudos e pesquisas para tentar elucidar esses pontos de diferença que caracterizam os ruivos, Alice passou a considerar que, em um aspecto, as pesquisas realmente estavam certas: sua mãe não apenas era mais resistente à dor, como parecia não se importar com ela. Mas a filha... a filha não era assim.

Sentia por tudo, por todos. Sentia a indiferença dos outros, sentia a apatia dos seus próprios atos, sentia pena de si mesma.

Quando esses sentimentos começaram a vir à tona, preferiu desligar o celular. A entrega já havia sido anunciada pela portaria. Decidiu que não veria mais nenhuma foto por enquanto. Definitivamente, aquele não era o melhor momento para mexer em algumas feridas que sequer haviam cicatrizado.

Alice devorou a comida com tanta rapidez, que dificilmente ela mastigou todos os alimentos. Parecia não se importar, nem com a etiqueta, muito menos com os efeitos que aquela quantidade e mistura poderiam fazer em seu estômago fraco e vazio.

Menos de vinte minutos depois, ela estava debruçada sobre o vaso sanitário de seu banheiro impecavelmente limpo e organizado. Sentiu-se melhor depois de vomitar tudo que havia ingerido. Tomou um banho demorado, lavou o cabelo e preferiu deitar-se sem secá-lo. Só queria fechar os olhos e dormir. *Mais um dia, Alice, mais um dia.*

capítulo 6

Novamente, sua vontade não prevaleceu. A noite de Alice estava longe de acabar. Talvez o álcool que ainda circulava por seu organismo, somado à lembrança da mãe estimulada por aquela foto e à conversa que ouviu na casa de Tessália, tenha desencadeado outras lembranças que estavam enterradas em seu subconsciente. Durante toda a madrugada, elas se alternaram entre sonhos e pensamentos soltos que Alice não conseguia controlar. À medida que a hora avançava e ela não adormecia, resolveu tentar focar no que a aborrecia. Se chegasse a uma conclusão, talvez pudesse se sentir momentaneamente melhor e finalmente conseguisse dormir.

Não se tratava de inveja da relação da amiga com a mãe, sobre isso ela tinha certeza. Mas sabia que nunca poderia construir nada parecido com o que elas tinham. Antes era uma possibilidade distante; agora, uma realidade impossível. Quando se despediu de Tessália, disse à amiga que não precisava de companhia até a saída do prédio porque já conhecia o caminho. Assim que fechou a porta, Tes atendeu uma ligação na sequência e colocou no viva voz provavelmente enquanto fazia outro chá. E sem querer, pelo menos no começo, Alice se prendeu ao diálogo que transcorria do outro lado antes de acionar o elevador do andar e descer para a portaria, como a amiga achava que ela já havia feito.

— Oi, mãe. Alice acabou de sair daqui. Por isso não atendi antes a sua ligação.

— Sem problema, na verdade só queria saber como você está. E ela, conseguiu se abrir com você?

— Não consigo responder a essa pergunta com muita clareza. Estou bem, mas confesso que preocupada com ela. É fato que eu esperava que Alice estivesse mal, mas agora, depois da visita, fiquei com a sensação de que ela está meio perdida, sabe?

— E você não acha que se sentir assim também é natural nesse momento da vida dela?

— Acho, sim, mãe. Mas não é só isso que está em jogo agora. É natural que ela se sinta confusa. A relação conturbada das duas, perder a mãe em um assassinato brutal, são motivos suficientes para deixar qualquer pessoa sem rumo. E a Adelaide podia ter seus defeitos, mas ainda assim era a mãe dela.

— O que está te incomodando, então?

— Sinto como se algo não estivesse se encaixando. Não consigo explicar muito bem, é mais uma sensação mesmo.

— Filha, eu sei que a profissional aqui é você, mas a vida também nos ensina, e ensina muito para quem tem a humildade de enxergar seus próprios erros e aprender com as lições. E se tem uma coisa que essa vida me mostrou é que algumas coisas acontecem para o nosso bem, mesmo que, em um primeiro momento, nasça de uma tragédia ou algo considerado ruim. Talvez essa ruptura, mesmo que traumática, fosse o que a Alice precisava para seguir a vida. Pela primeira vez, Alice vai ter a chance de descobrir quem ela realmente é, sem a interferência da Adelaide.

— Foi mais ou menos isso o que eu disse para ela. Mas, cá entre nós, não sei se é o que eu realmente acredito. Será que ela vai conseguir encontrar forças para se reerguer e assumir todos os seus desejos e vontades, sendo que nunca teve sequer acesso a todos eles?

— Isso realmente só o tempo irá nos mostrar. Por ora, não se preocupe tanto assim. Você pode ter uma surpresa boa com sua amiga, eu consigo ver que a Alice tem mais força do que ela aparenta. Nada melhor do que a necessidade de sobreviver para moldar uma pessoa. Ela terá que reagir ou...

— Este é meu medo real, mãe. Se ela não reagir provavelmente entrará em um estado de difícil acesso e retorno. E agora ela não tem mais ninguém. E terá muitas escolhas a fazer.

— Ela tem você.

— Mas eu sei que não é o suficiente. Não para dar sentido à vida dela. Ela vai precisar encontrar algo com o que se apegar, algo que a faça querer viver, querer superar todo esse passado trágico e nebuloso.

— E o que seria isso?

— Para algumas pessoas, um amor correspondido; para outras, um trabalho que ame, um propósito maior, uma causa que defenda, uma família. No caso de Alice, tudo isso foi tirado dela. Esse é o ponto. Como reconstruir o que já foi estraçalhado?

— Lamento muito, Tes. Alice é uma mulher com um bom coração, realmente não merecia passar por tudo isso.

— Na verdade, ninguém merece, mãe.

— Eu sei disso, Tes. E que bom que ela tem uma amiga como você, que vai ajudá-la a passar por esse limbo.

— Com certeza estarei ao lado dela, é o mínimo que posso fazer. Toda evolução exige coragem. É o que eu sempre digo no consultório. Consciência e ação são as únicas ferramentas para mudar qualquer realidade.

— Que orgulho de você, minha pequena!

— Mãe!

— Sério! É lindo ver sua dedicação em ajudar quem precisa. Seus pacientes têm sorte de tê-la por perto, assim como Alice. Sua empatia e sensibilidade te tornam ainda mais linda e especial, filha.

— Para, mãe. Já estou emotiva o suficiente. Acho que tudo isso me fez ficar abalada de alguma forma.

— Tá bom, filha, vai descansar. Amanhã você acorda cedo, e um último conselho: não sofra por antecedência. O que você pode fazer agora por ela é estar por perto, disponível, escutar à medida que ela se sentir confortável para falar e se abrir.

— Mãe... só mais uma coisa.

— Diga, pequena.

— Obrigada por tudo. Sei o quanto sou privilegiada por ter tido pais como vocês, que sempre me deram espaço e apoio. Não estou nem considerando o extremo que a Alice viveu, mas sei o quanto é difícil, de uma forma geral, construir relações assim. Nem todos os filhos recebem o amor e o respeito que deveriam dos seus pais. Vocês me deram tudo com que uma pessoa pode sonhar nessa vida. Me deram educação, colo, proteção, amor e liberdade. Você disse que tem orgulho de mim, mas nunca se esqueça de que muito da mulher que me tornei é por sua causa.

— Adivinha quem é que está chorando agora? Conte comigo sempre, filha.

— Eu conto! Na verdade, sempre contei. E sabe que eu acho que no fundo é isso que me dói? Por exemplo, agora mesmo, olha a conversa que tivemos. Você é minha melhor amiga, sempre foi minha confidente. Me ama incondicionalmente e eu sinto este amor em tudo que você faz por mim e para mim. E a Alice nunca experimentou essa troca. Mais do que isso, as lembranças que ficaram são baseadas em uma espécie de manipulação, medo, traumas e rancor. Ninguém deveria se sentir tão sozinha na vida, principalmente estando acompanhada o tempo todo.

Depois de ouvir essa última frase da amiga, Alice finalmente saiu do prédio. Agora, de madrugada e deitada no quarto escuro de seu apartamento sem vida, percebeu com clareza que Tessália estava certa sobre tudo que havia dito à mãe. Alice não tinha um propósito de vida antes, muito menos agora. Concordou com o fato de que também não sabia se teria forças e coragem suficientes para enfrentar tudo que ainda estava por vir. Seu passado a havia marcado de diferentes formas. Mas seu futuro, naquele momento, parecia ainda mais assustador.

capítulo 7

2 de agosto de 2021
Alexandre Ferreira

Na segunda-feira, logo no início da manhã, eu já estava sentada na recepção do local que o investigador havia me indicado em nosso breve contato por telefone na semana anterior. O lugar era muito diferente do que eu imaginava. É incrível como sempre fazemos projeções que, boa parte das vezes, se dão em cima de pouco conhecimento e muito estereótipo.

Para minha surpresa, não havia nada de lugar secreto ali. Na minha imaginação, eu encontraria uma porta discreta no meio de um prédio comercial antigo, muito provavelmente localizado em uma rua sem saída ou com pouco movimento. Esse acesso me levaria a uma sala cheia de móveis igualmente antigos e empoeirados. Livros estariam jogados por toda parte, talvez fosse possível ver alguma garrafa de bebida embaixo da mesa ou um cinzeiro em algum canto estratégico, indicando que o dono do local passava muito tempo ali. Sem contar que, embora o nome do investigador fosse Alexandre — o que, no meu imaginário, sugere ser o nome de uma pessoa nova —, para completar o cenário, eu deveria encontrar um investigador experiente, por volta dos seus cinquenta e poucos anos, sarcástico, cujo mau humor ficaria evidente em suas expressões e atitudes. Concluí, logo de cara, que além de ser muito criativa, eu não tinha a menor noção do que me esperava.

O escritório do investigador indicado pelo delegado Marcelo ficava em uma região nobre de São Paulo. E, justamente por isso, por conhecer bem o trânsito da cidade — principalmente nas ruas e bairros em que se concentram as maiores empresas e escritórios de multinacionais —, resolvi sair mais cedo de casa. Eu não gostava muito da Vila Olímpia. No geral, as pessoas estavam sempre bem-vestidas, e as ruas de alguma forma apresentavam um cheiro bom. Talvez fosse reflexo de toda a estrutura impressionante dos prédios da região, somado ao cuidado excessivo da prefeitura, pelo menos ali, onde se concentravam as empresas dos ricos da cidade; mas quem vinha de fora para fechar negócios ou buscar novos parceiros comerciais marcava presença por ali. É fato que é muito fácil encontrar bons restaurantes no bairro. Fosse para um almoço-reunião, prática bem comum nos grandes centros, ou para um *happy hour* depois do horário de expediente. O escritório onde fica a sede da empresa da minha mãe não era muito longe dali, por isso eu conhecia bem onde estava pisando.

Cresci naquele ambiente de engravatados, ternos de alta-costura, relógios de pulso mais caros que muitos carros populares. As mulheres desfilavam seus saltos imponentes, roupas e bolsas de grife, que reforçam a ideia de uma perfeição inalcançável para os meros mortais que não fazem parte desse seleto grupo. Acho que minha falta de identificação e estima pela região passa muito por aí, por essa ideia de mundo perfeito que apenas reflete uma bolha de privilégios, muito distante da realidade e da vida dos outros 95% da população.

Claro que, às vezes, eu me rendia e também participava de toda essa encenação. Na verdade, seria praticamente impossível não compactuar com esse teatro contemporâneo sendo filha de uma das pessoas que ajudavam a inflar o ego dos empresários que tinham seus negócios por ali. Eles pareciam realmente uma tribo muito unida. Não era só ter grana para fazer parte do clubinho, era preciso investir para ter prestígio, para ser reconhecido nos restaurantes que frequentavam, para ter acesso às viagens e às reuniões que pareciam ter o poder de definir a vida de todos os outros que não tinham a honra de estar ali na mesa da inquisição. Ainda assim, consciente de tudo — aliás, minha mãe fazia questão de me lembrar praticamente todos os dias de onde eu vinha e de quem eu era filha —, às vezes, eu me sentia parte e me vestia como mandava o figurino. Não posso ser hipócrita e dizer que não era interessante. Quem não gosta de se sentir importante, de chegar e ser respeitado? De, pelo menos ali, dar as ordens, mesmo que tudo isso fosse imposto por uma condição financeira? *Menos a admiração, essa não dá para comprar.*

E eu fazia testes, queria entender. Em outras ocasiões — sem estar com a minha mãe, é claro —, eu chegava nos mesmos lugares com um jeans qualquer, uma blusinha básica e sem muito cuidado com cabelo e maquiagem. Sem exceção, ninguém me reconhecia. Eram praticamente os mesmos funcionários que me atendiam no meu modo poderosa e não faziam o menor esforço de olhar para mim no meu simples mortal. Eu sabia que essa era a realidade das pessoas normais e isso me assustava. Como tudo poderia mudar e girar em torno de ter ou demonstrar ter dinheiro? Que sociedade é essa que julga o livro pela capa e não tem o mínimo interesse em conhecer as melhores histórias se elas não estiverem apresentáveis o suficiente? "Honra teu sobrenome, Alice!", ela dizia. E eu só conseguia pensar em onde estava essa honra. *Existe virtude ou moral em reforçar um comportamento social dessa magnitude?*

Por causa do frio que fazia no dia, não por vontade própria, e muito menos por qualquer estímulo que fosse, precisei recorrer a um sobretudo preto que eu usava com frequência por ser confortável e me esquentar. Coloquei botas da mesma cor e uma calça justa azul-marinho. Sempre preferi cores mais neutras, fortes e discretas. Acho que por causa do meu cabelo, que já era um destaque e tanto. Embora meu objetivo fosse o oposto, eu já havia me acostumado com os olhares. Tes, minha mãe e...

ele... diziam que eu chamava atenção pela minha beleza, mas sempre achei que era por ser desajeitada demais. *Ele... não faz nenhum sentido pensar nele.* E hoje era um desses dias em que eu só queria resolver as coisas e, se fosse possível, sem chamar a atenção de ninguém.

Pontualmente às oito horas, o investigador Alexandre veio me recepcionar. Ele era jovem, no máximo uns trinta e cinco anos, e vestia uma camisa social bem justa, assim como a calça *skinny*, que deixavam à mostra seu corpo bem definido de academia. A barba semicerrada e milimetricamente escanhoada ajudava a confirmar que eu estava diante de um homem muito vaidoso. Ele indicou com um movimento de mãos que eu deveria acompanhá-lo até sua sala, que era mais uma entre as cerca de dez portas que se misturavam naquele andar. Esse foi o primeiro ponto que me fez desmistificar a ideia de "secreto" deste trabalho. O prédio era supermovimentado e, no próprio andar compartilhado, havia muita movimentação e organização. Pelo que tudo indicava, era uma atividade mais comum e estruturada do que sugeria a minha ingenuidade, destoando bastante da imagem quase folclórica que eu havia criado antes de entrar ali.

Segundo as placas fixadas nas portas, existiam muitos investigadores e também muitos clientes, porque a recepção estava cheia já naquele horário. Notei duas secretárias que atendiam e direcionavam as pessoas. A decoração moderna e minimalista combinava totalmente com o ambiente impessoal e profissional.

— Bem-vinda, Alice. Em primeiro lugar, gostaria de deixar registrados meus sentimentos em relação à sua perda. No que eu posso te ajudar? — Alexandre indicou uma cadeira à sua frente para que eu me sentasse.

— Obrigada. Gostei da objetividade. — E me acomodei antes de continuar explicando a situação: — Como você já sabe, a morte da minha mãe está sendo investigada pela polícia.

— Sim. E confesso que fiquei curioso com a sua intenção de abrir uma investigação paralela nesse caso — ele comentou, buscando meus olhos de maneira fixa.

— Na verdade não seria em paralela, mas complementar — respondi, encarando-o de volta com profundidade e sem pressa para desviar o olhar da análise dele.

— Devo te alertar que, como detetive particular, não tenho autonomia para investigar crimes e não posso interferir na investigação da polícia e dos responsáveis pelo caso, a menos que seja autorizado pelo delegado. Conheço o Marcelo e acredito que ele não liberaria essa autorização.

— Não será necessário nada disso, esse não é o meu objetivo, na verdade. Estou aqui hoje porque eu gostaria de investigar a vida dela. É possível?

— Entendi, e agora a sua intenção passa a fazer mais sentido. É possível, sim, Alice. Na verdade, só dificulta um pouco as coisas o fato de ela não estar mais aqui. — Após compreender minha motivação, Alexandre pareceu mais confortável, apesar de manter a postura impecável, pois visivelmente relaxou os ombros e se permitiu desviar o olhar que até então estava focado em mim.

— Como assim? — Quis entender melhor, mas também me permiti demonstrar que aquela conversa estava mais convidativa e menos formal. Repousei as mãos sobre as pernas e inclinei o tronco em sua direção de maneira a reforçar o meu interesse.

— Se ela estivesse viva, eu conseguiria segui-la para descobrir seus hábitos, pessoas com quem tem contato, enfim… Minha abordagem seria a que utilizamos como padrão na investigação particular. Na qual o investigado é a principal fonte de respostas.

— E como pode ser feito agora, então?

— Preciso que você me forneça as informações básicas que vão me ajudar a construir o perfil da sua mãe. A partir dessas informações, darei início à investigação. Se me permitir, gostaria inclusive de falar com algumas pessoas próximas que você julgar relevante.

— Não vejo nenhum problema quanto a isso, só peço que seja o mais discreto possível. Principalmente em relação às pessoas próximas a ela que continuam na empresa.

— Claro, fique absolutamente tranquila, este é um padrão nosso. A discrição é o pilar do meu trabalho. Mais alguma consideração nesse sentido?

— Sim, tem a imprensa também. Eles estão aguardando qualquer novidade sobre o caso para criar suas teorias bizarras. Imagina se descobrem que a filha contratou um detetive para investigar a vida da mãe!

— Esse não é o primeiro caso que pego em que a mídia se mostra interessada. Sei lidar com eles. Preciso fazer uma pergunta, no entanto. Qual é a sua motivação particular para dar início a esta investigação? Tem algo específico que você busca encontrar?

— Sinceramente, com os acontecimentos dos últimos tempos, tenho certeza absoluta de que eu não faço ideia de quem ela era. Não penso em nada específico, mas quero tudo que me ajude a descobrir quem foi a minha mãe de verdade.

— E por que agora, Alice? Não acha que, dependendo do que eu encontrar, vai ser ainda mais doloroso para você?

— Agradeço sua consideração, detetive, mas já esperei tempo demais para enxergar o que sempre esteve à minha frente. Era mais fácil evitar, fechar os olhos, fugir da realidade.

— Entendo. É preciso ter muita coragem para enfrentar certas coisas, não se culpe tanto. Suas motivações são legítimas, bem como o fato de não ter feito isso antes. Já vi muita coisa nessa profissão, Alice. E, acredite, a grande maioria das pessoas não consegue encarar o que deveria.

— Eu imagino. O fato é que me cansei de me esconder. Então, por onde começamos?

— Com a sua permissão, vou dar início às minhas pesquisas. Vou atrás de todas as pistas que contribuírem para a investigação. Preciso que relacione aqui — ele disse, me passando um tablet — os contatos de pessoas próximas, que faziam parte da vida dela e que conheciam sua rotina.

— Vou colocar alguns, mas já te adianto que ela não tinha muitos amigos e era reservada quanto à vida pessoal. O oposto da imagem de empresária querida que vai encontrar em suas pesquisas. Talvez isso dificulte um pouco seu trabalho.

— Não necessariamente, estamos falando de uma única pessoa. Mesmo que ela tenha se esforçado para criar uma imagem para o mundo, uma sustenta a outra.

— Faz sentido.

— Vocês eram próximas?

— Acredito que você não vai demorar a descobrir que minha mãe tinha o dom natural de afastar as pessoas. Comigo não foi diferente.

— Me parece um caso desafiador. São os meus favoritos. Vamos ver o que está por trás de tudo isso.

— Também tenho uma pergunta. Você era policial antes de se tornar detetive particular?

— Sim, trabalhei com o delegado Marcelo em algumas ocasiões. Imagino que por isso ele me indicou.

— E por que não é mais? Foi uma escolha sua?

Fiz a pergunta, mas quase me arrependi porque senti que ele ficou evidentemente incomodado, o que não era minha intenção. Assim que conseguiu me encarar novamente, ele continuou sem desviar o olhar:

— Mais ou menos. Na Polícia Civil eu já exercia a função de investigador, por isso estou habituado a levantar provas para solucionar os casos. Ter saído da corporação não foi uma escolha minha, respondendo à sua pergunta. — Seu tom de voz, a resposta curta e a postura deixaram claro que ele não estava aberto a novas perguntas sobre esse assunto. Alexandre era surpreendentemente fácil de ser lido.

— Agradeço a sinceridade. Acho que começamos bem, investigador.

— Também acho que sim, Alice. Precisamos confiar um no outro para que esse trabalho dê resultado.

— Sim, claro. Alexandre, acha que consegue fazer tudo em menos de trinta dias?

— Geralmente, as investigações demoram mais do que isso. No seu tempo, só seria possível se eu colocasse algumas pessoas aqui da empresa para me ajudar, podemos distribuir as pesquisas, visitas, conversas. Mas isso geraria um custo adicional por envolver outros profissionais.

— Não se preocupe, dinheiro não é o problema.

— E por que a pressa?

— Gostaria de saber tudo o quanto antes. O laudo do IML sai em no máximo trinta dias, você certamente conhece os prazos e procedimentos melhor do que eu.

— Sim, e compreendo essa aflição também. Você deve querer se libertar de tudo isso logo.

— Você não faz ideia de como esse é o meu desejo mais íntimo.

— Percebi, para ser sincero. A sua ansiedade é visível.

— Por que diz isso?

— Porque desde que se sentou na minha frente, você não para de alisar sua cicatriz na mão direita.

Se sem me conhecer já chegou a essa conclusão, além de observador, ele é sensato.

— Não tenho dúvidas de que você realmente vai me ajudar com o que preciso. E, antes que você pergunte, não foi uma tentativa de suicídio.

— Você também consegue ler bem as pessoas, Alice.

— Aguardo seu próximo contato, investigador. E uma última questão antes de seguir meu caminho. Enquanto você segue sua linha de investigação e vai atrás do passado dela, posso procurar algumas pessoas também?

— Tem alguém específico em mente?

— Sim, meu pai.

— Há quanto tempo não se falam?

— Nem lembro quando foi a última vez. Mas com toda a certeza há mais de dez anos.

— Acho, então, que é uma excelente ideia. Pelo visto, Alice, você realmente tem muito a descobrir. E não apenas sobre a sua mãe.

capítulo 8

Não foi tão fácil encontrar meu pai como eu imaginava. Ele realmente fez questão de "desaparecer" do mapa, ou pelo menos do radar de quem o conhecia no passado. Sem alternativa, precisei entrar em contato via redes sociais com alguns familiares que havia anos já não faziam parte da minha vida. Durante essas pesquisas para descobrir os perfis, achei interessante observar que realmente eu não fazia ideia de como eles eram. Eram vagas minhas memórias em que a família do meu pai estava presente. Apesar do grau de parentesco, não tínhamos nenhuma intimidade. Talvez por isso a maioria não tenha sequer me respondido.

A única com quem consegui desenvolver uma conversa foi uma tia, irmã dele. Depois de pelo menos me ouvir, e acredito que entender meu lado, cedeu, por fim. Reforcei que eu só gostaria de conversar com ele, um direito mínimo, considerando ser sua filha. Precisei usar todos os argumentos que eu tinha, focando principalmente no fato de ser apenas uma conversa entre pai e filha, e que eu não esperava nada dele — havia anos eu não esperava nada dele. Eu realmente não entendia o porquê da resistência da família.

O que foi que eu fiz de tão grave para um pai se esconder da filha dessa maneira?

Imagino que, para todos, depois de tantos anos e com a notícia da morte da minha mãe, a ideia de que eu poderia lhe trazer algum problema seria o palpite. *Como se ao me abandonar quando eu mais precisava dele não o tornasse o causador dos maiores problemas.* Com essa postura dos meus parentes e a falta de receptividade, seria também inevitável me questionar se eu havia tomado a melhor decisão ao optar por ir atrás de uma pessoa que não apenas me abandonou, como deixou vários indícios de que não queria mais nenhum tipo de contato comigo. Ao mesmo tempo, uma sensação estranha, que eu não saberia muito bem explicar, me conduzia insistentemente por esse caminho. Era uma espécie de lembrete da minha mente, que começou a dar cada vez mais alertas. Eu precisava vê-lo.

Com o endereço em mãos, decidi que estava na hora de resolver mais esse ponto da minha vida e entender um pouco melhor o meu passado. Tentei não criar expectativas, até porque eu não fazia a menor ideia do que ia encontrar ou de que forma seria recebida. Essa era a verdade, meu pai era um completo estranho, o que tornava impossível prever sua reação à minha presença.

Precisei pegar a estrada e rodar por quase duzentos quilômetros para chegar à cidade de Lagoinha, onde ele tinha escolhido morar. Apesar de não ter saído do estado de São Paulo, me deparei com uma realidade muito distante da minha. A cidade era incrivelmente pequena, em todos os sentidos. As lojas, restaurantes e até mesmo as pousadas que vi eram praticamente um espaço único com uma porta central de acesso e pouca infraestrutura interna. É claro que eu já tinha viajado para cidades do interior, mas, ainda assim, aquele lugar me chamou a atenção porque parecia mais um bairro projetado e minimalista do que uma cidade efetivamente. Não existia sequer um prédio. As construções verticais chegavam, no máximo, a três andares, e comportavam membros da família espalhados pelos vastos terrenos ou pertenciam a lojas que abrigavam o depósito no mesmo local.

As casas apresentavam uma simplicidade singular. Não por suas estruturas distantes de qualquer pompa, mas por seguirem uma mesma forma. Além da arquitetura única que serviu a praticamente todas as residências, boa parte delas eram coloridas e seguiam um tom amarelo pastel em suas fachadas, azul-claro ou uma cor que lembrava salmão. O comércio, em contrapartida, se diferenciava por ter suas paredes e calçadas pintadas de branco. Seria impossível essa combinação e escolha de cores inusitadas não chamar a atenção de qualquer visitante. Quanto mais eu avançava para o interior da cidade e cruzava os bairros, mais interessante achava essa característica. Cheguei a cogitar parar na padaria do centro para tomar um café e matar a minha curiosidade. Gostaria de saber se havia um significado para a utilização daquelas cores. Mas meu objetivo maior, que havia me feito ir até aquele lugar, não me deixou desviar do foco. Em outra ocasião, dependendo do rumo das coisas, eu voltaria ali e faria as perguntas que se acumulavam na minha mente. Agora era hora de esclarecer pontos do meu passado.

O GPS indicava que eu estava a quatro minutos do endereço dele. Foi o tempo que tive para respirar fundo e me convencer, pela última vez, a não desistir. Era impossível não notar que as casas do entorno precisavam urgentemente de muitos reparos. À medida que eu observava mais detalhadamente, mais entendia quão distante o lugar estava da minha realidade. Me senti em um outro mundo, tamanha a discrepância. Se a referência for a loucura de uma capital cosmopolita, enorme e vibrante como São Paulo, Lagoinha poderia ser considerada uma espécie de metaverso. Um mundo à parte. As pessoas pareciam, no geral, ter saído das suas fazendas para circular pelas ruas praticamente desertas. Os carros, vez ou outra, precisavam desviar de algum animal solto que convivia em perfeita harmonia com os quase cinco mil habitantes dali.

As dez badaladas do sino da igreja interromperam meus devaneios e observações sobre a cidade. Fechei os vidros e continuei a seguir o GPS. Um minuto. Me senti uma intrusa sendo observada pelos olhares atentos e curiosos que me acompanharam desde que cheguei à cidade. Acredito que, pelo fato de estar em um carro de luxo com placa de

São Paulo e ninguém me conhecer, eu já tenha dado motivos mais que suficientes para gerar tamanha desconfiança e curiosidade dos locais.

Quando parei na frente do endereço que minha tia tinha me passado, me esforcei bastante para não pensar em nada. Talvez eu não tivesse me dado conta de como havia esperado aquele reencontro. Fiquei paralisada, ainda dentro do carro, por mais alguns minutos na porta dele, mas do outro lado da rua.

Enquanto alisava minha cicatriz, percebi que a casa era talvez a mais simples daquele quarteirão, não havia sequer uma campainha para tocar. Respirei fundo uma última vez, e o ar puro veio acompanhado da coragem de que necessitava. Desci do carro ainda sem muita convicção na breve caminhada, mas atravessei a rua, decidida a não recuar. Precisei bater palmas para chamar a atenção de qualquer pessoa que estivesse do lado de dentro da residência, e demorou um pouco para que isso acontecesse.

Nesse meio-tempo, senti um cheiro forte que muito provavelmente seria de algum bicho morto que estava havia dias por ali. O descaso evidente com o lugar era triste. Havia lixo espalhado na grama alta e irregular em frente à casa. *Por que alguém deixa as coisas chegarem a esse ponto? Nenhum ser humano deveria viver em um ambiente como aquele.*

Quando vi a porta da frente finalmente se abrir, senti um nó inexplicável crescer em meu estômago. De certa forma, aquele homem parecia mais inóspito do que o lugar que o abrigava. Na época que ele foi embora, éramos muito próximos. Talvez, se eu tivesse ficado com ele, hoje eu fosse outra pessoa. Apesar de ter tentado me convencer, com o passar do tempo e sua ausência, de que ele era um homem ruim, um pai que não merecia qualquer consideração, eu seria capaz de reconhecer aquele olhar mesmo que mil anos se passassem.

Em uma fração de segundos, enquanto ele tentava identificar quem estava parada em sua porta, boas memórias vieram à tona. Seu jeito brincalhão, sempre sorridente, esperto, chamava a atenção de todos que queriam estar perto dele. Era ele o meu parceiro de aventuras e descobertas, pelo menos até o início da minha adolescência, quando simplesmente saiu de casa e nunca mais deu notícias. Antes de a gente se encarar de novo, achei que teria acesso a outras emoções, talvez raiva, indiferença, mas não ao que eu estava sentindo.

Agora, ali, parado na minha frente, eu vi um homem castigado pelo tempo e provavelmente pelas dificuldades que enfrentou na vida. Não estava sujo, mas totalmente largado, sem o mínimo de vaidade ou qualquer sinal de cuidado com si mesmo. A barba e cabelo estavam enormes, manchas de sol poderiam ser facilmente identificadas por todo o rosto, e quando ele esboçou um sorriso percebi ainda que seus dentes estavam surpreendentemente amarelados e que faltavam alguns.

O que tinha acontecido com ele?

Tratei logo de evitar qualquer tipo de análise precipitada e foquei em enxergá-lo. Sem saber o que fazer, retribuí o sorriso fraco dele, muito provavelmente na mesma intensidade. Apenas o segui para o interior da casa. Não fiquei surpresa quando notei que o local estava tão malcuidado quanto ele mesmo, ou o exterior da residência. Eu chutaria que há meses aquele lugar não recebia uma boa limpeza. Mas tentei não reparar em mais nada e focar nele, afinal eu buscava ali algumas outras respostas, não saber se meu pai era asseado.

— Obrigada por aceitar me receber. — Comecei, já que ele não havia aberto a boca ainda. Ele não tirava os olhos de mim.

— Eu achei que nunca mais ia te ver. Deixa eu olhar para você, minha menina. Como você está linda, Alice. Como senti sua falta, filha... agora você já é uma mulher.

Eu não esperava ouvir tudo isso de cara. Na verdade, aquelas palavras iam contra tudo o que eu imaginava que sairia da boca dele. Eu resistia, mas ele estava visivelmente emocionado.

— Não acha meio tarde para me dizer isso? Conveniente da sua parte falar que sentiu minha falta agora que estou aqui na sua frente.

Na minha cabeça, durante anos, e até mesmo na estrada a caminho dali, eu havia ensaiado várias formas educadas de abordá-lo e começar uma conversa. *Como eu realmente gostaria de ser indiferente a ele*. Mas não consegui. Ao confrontá-lo, não cheguei a pensar se ele poderia recuar com minha ofensiva. Quem sente falta de verdade procura, faz questão, não some simplesmente sem deixar vestígios ou sem dar sequer uma explicação. Não era o momento de me preocupar com ele, agora era a minha vez de ter respostas.

— Você tem todos os motivos do mundo para pensar assim, mas não imagina como esperei por esse momento. Até realmente achar que ele não aconteceria mais.

— Por que nunca me procurou?

— O que ela te disse, filha? Como Adelaide justificou minha ausência pra você?

— O que ela tem a ver com isso? Você foi embora, você me deixou!

Senti meu rosto enrubescer. Mas, diferentemente de quando eu recebia algum elogio, eu conseguia sentir minhas veias do pescoço se destacarem. E isso só acontecia quando eu perdia o controle da situação. Meu corpo, assim como minha voz, já não fazia a menor questão de corroborar com uma pose de passividade.

— Então, foi isso que ela disse para você?

— É sério? Depois de tudo, de tantos anos, você vai jogar a culpa nela? Não tem nada mais convincente para me dizer, não? Se esperou tanto por esse reencontro, como disse, deveria ter arrumado uma desculpa mais elaborada.

— Não se trata de desculpas, filha. Se você resolveu me procurar agora, com certeza quer entender o que houve, e eu fico feliz por isso. A verdade é que passou da hora de você saber de tudo. E eu não preciso ter mais medo.

— Saber de tudo? Medo? Do que você está falando?

Suas palavras e seu tom de indignação sugeriram que eu teria mais respostas do que havia imaginado naquele dia. Seus olhos estavam marejados e ele parecia se concentrar para não deixar que sua exaltação me assustasse. Pelo visto, não era só eu que estava com um nó imenso na garganta e com uma vontade quase incontrolável de pôr para fora tudo que estava guardado por tanto tempo.

— Não sou mais nenhuma criança, você não precisa me proteger. Quero saber de tudo. Já que minha mãe está por trás do que quer que você tenha para me contar, preciso que seja sincero e acho que poucas pessoas a conheciam tão bem como você. — Nesse momento, o encarei, com um olhar fixo de súplica.

— Infelizmente, isso é verdade. — Ele parecia ter entendido a profundidade do meu pedido. — Se eu pudesse imaginar tudo que a Adelaide faria comigo, em como ela me destruiria de todas as formas, jamais teria me aproximado dela quando éramos jovens.

— Pai, o que ela fez com você? — perguntei, notando que o havia chamado de pai sem planejar e ciente de que isso não passaria despercebido por ele. Tentei desviar o olhar, mas já era tarde.

Eu visivelmente não conseguiria seguir o roteiro que havia elaborado na minha mente para aquele encontro, porque tinha me esquecido de considerar o principal fator: um sentimento genuíno e que nem mesmo o tempo e a distância foram capazes de apagar. Ao vê-lo naquela situação, e pelo pouco que ele já havia dito, provavelmente sua vida tinha sido ainda mais difícil do que a minha.

Ele, Otávio de Souza, por sua vez, ao ouvir ser chamado de pai pareceu ter recebido uma injeção de ânimo e coragem. Lembrou mais o homem que eu tinha na memória. Pela primeira vez, desde que nossos olhos se cruzaram de novo, eu vi brilho, vida. Então, ele prosseguiu, agora mais confiante e articulado:

— Ela me obrigou a abrir mão de você, filha — revelou, com os olhos cheios de água, que, diferentemente dos meus, não tinham vergonha de se expor e mostrar todo o interior daquela alma calejada. — Nosso relacionamento já não ia nada bem. Na verdade, eu já tinha tomado a decisão de deixá-la quando ela me disse que estava grávida, então recuei. Eu só suportei tudo que passei durante seus primeiros anos de vida porque não queria te deixar sozinha com aquela mulher.

— Ela usou a gravidez para te chantagear? — Fingi retomar o controle das minhas emoções.

— Várias vezes. Mas o que realmente me prendeu a ela foi você, que não tinha culpa de nada. Muito menos das escolhas ruins que eu e sua mãe fizemos na vida.

— Ela foi diferente em algum momento da vida? Não entendo como um cara como você se apaixonou por alguém como ela. — Um sentimento novo de indignação tomou conta de mim, e comecei a balançar as pernas, descompassada e insistentemente. Além de balançar a cabeça de um lado para o outro, quase que no mesmo ritmo, como se isso fosse capaz de me tranquilizar.

— Alice, consigo imaginar as questões que estão passando por sua cabeça. Mas a verdade, filha, é que nada que eu diga vai te ajudar a entender a sua mãe, principalmente as decisões erradas que ela tomou. Mas posso te dizer, com toda a certeza, que ela sabia ser proporcionalmente encantadora quando precisava ser.

— Então ela te iludiu no começo?

— Iludir não é a melhor palavra. Ela me deu o que eu queria receber dela. Depois, não demorou a tomar as rédeas, a mostrar do que era capaz. A questão é que, quando você ama alguém, mesmo que de forma consciente você tenta justificar algumas atitudes. Suporta outras. Quando se dá conta, está totalmente preso em uma areia movediça. E, quanto mais você se debate e faz força para sair daquela posição, mais ela te puxa para baixo, mais atolado e sem reação você fica. É quando você entende que, sem ajuda, não vai conseguir sair dali. Por isso, muitas pessoas simplesmente se mantêm vivas, tentando respirar com areia e lama até a boca. Porque não há mais o que fazer.

— Ou você aceita a condição a que se permitiu chegar ou morre atolado. Agora já começo a imaginar o inferno que você viveu.

— Não... você não faz ideia, filha. Ninguém faz. Sua mãe me torturou de todas as formas possíveis. Com o passar dos anos, chegou a um ponto em que ela já havia sugado toda a minha energia. Eu não tinha mais identidade, não tinha mais forças para tentar reagir a tudo que ela fazia.

— Então, na verdade, você se sacrificou por mim.

— Não! Nunca foi um sacrifício, jamais pense assim. Você foi a melhor coisa que me aconteceu na vida. O relacionamento com Adelaide me deixou muitas marcas, é verdade. Mas me deu você, se não fosse por você...

— Agora eu consigo entender o porquê da raiva dela quando estávamos juntos. Nós dois tínhamos uma ligação, e ela provavelmente não suportava ver isso.

— Exatamente. Ela já não me tinha mais como homem. E ela sabia que eu tinha ficado por você. Sua mãe nunca soube lidar bem com negativas, mas acho que isso você descobriu ao longo da vida.

Ficamos calados por dois ou três minutos. Eu, olhando para fora através da pequena janela entreaberta da sala, estava absorvendo tudo que ele havia falado. Tentava processar. Ele continuava com o olhar fixo em mim, sem desviar. Eu já havia parado os movimentos repetitivos com as pernas e cabeça, e agora parecia mais uma estátua petrificada, com o olhar distante, mirando o que não podia ver ou muito menos entender.

Ele não tinha me abandonado.

— Alice, eu me arrependo tanto de muitas coisas — continuou. Diferentemente de mim, ele realmente parecia ter se preparado para essa conversa há tempos. Sabia quais palavras usar, o que dizer. — Fui tão fraco, filha. Desde o começo, deixei ela decidir nossas vidas e nunca vou me perdoar por isso.

— Eu sei bem como ela podia ser difícil. Não se culpe assim, acho que no fundo ninguém poderia bater de frente com ela. — Nesse momento voltamos a nos encarar. Engoli em seco ao constatar aquela verdade.

— Me dói pensar em tudo que você também viveu naquela casa. — Seu olhar era de compaixão. Eu sabia reconhecer de longe qualquer pessoa que sentia piedade de mim. No caso dele, a nossa tragédia pessoal tinha a mesma origem, o que sugeria mais uma dor consciente e compartilhada do que um sentimento altruísta.

— Está tudo bem, pai. Sobrevivemos, não é?

— Mas isso é o suficiente?

— Acho que o suficiente para tentarmos nos reconstruir de agora em diante.

— Eu não tenho mais nenhuma expectativa, mas espero de todo o coração que você consiga seguir adiante.

— Posso te fazer outras perguntas, se não se importar de reviver esse passado que você precisou apagar?

— Pergunte o que quiser. O mínimo que posso fazer por você é ser sincero, mesmo que isso me faça lembrar o covarde que sou.

— Por que eu não tenho o seu sobrenome?

— Essa é uma das minhas maiores tristezas. Adelaide disse que Souza não te ajudaria em nada na vida, pelo contrário, te lembraria do fracasso que era seu pai. Um sobrenome comum demais para uma herdeira.

— Sempre achei estranho assinar só Simon, mas confesso que depois que você foi embora achei até bom, porque estava com raiva de você.

— Consigo imaginar sua dor, filha. Éramos muito unidos e por isso foi tudo tão difícil para nós dois. Éramos a fortaleza um do outro para viver naquela casa, mesmo que você ainda não entendesse tudo que acontecia ali.

— E como você conseguiu ir embora?

— Até isso foi ela quem decidiu. Em uma de nossas discussões, eu perdi a cabeça e disse que não aguentava mais aquela prisão, que não aguentava mais olhar para a cara dela e não suportava mais suas crueldades. Ela simplesmente me olhou nos olhos, com aquele olhar implacável, mais afiado que qualquer navalha, e me informou que a partir daquele dia eu não fazia mais parte da vida de vocês. Algumas horas depois, eu saí daquela casa carregando duas malas com os meus pertences, da mesma forma que entrei. Só que acompanhado pelos seguranças, e sem poder me despedir de você, que estava na biblioteca na hora e com certeza não percebeu toda a movimentação.

— E você não tentou conversar com ela depois, não tentou me ver? — O impulso regido pela indignação me tomou novamente. Agora cruzei as pernas e as mãos em cima das coxas.

— Várias vezes, Alice! — Ele parecia me conhecer bem, reagiu aumentando o tom de voz e, de certa forma, deixou transparecer a sua indignação também. — A pior dor que eu podia sentir era a de ter perdido você, e ela sabia. Acredito que justamente por isso ela foi tão extrema. Da mesma forma que eu a conhecia, ela sabia que você era o meu ponto fraco e me puniu da pior maneira.

— Como ela pôde?... Eu estava do outro lado desse cabo de guerra, era uma menina.

— Eu só pensava nisso. Em uma dessas tentativas de contato, a última na verdade, consegui me aproximar de você na saída da escola. Mas eu não sabia que ela tinha colocado um segurança para me vigiar. — Ele fechou os olhos e punhos com força, e precisou de alguns segundos para continuar. Essa lembrança mexeu com ele.

— Caramba, me lembro dessa fase. Eu odiava aquele cara estúpido, que só respondia a ela e que me acompanhou durante um bom tempo — intervi para que ele pudesse retomar.

— Então, ele com toda a sua delicadeza foi atrás de mim neste dia e me bateu tanto que eu quase perdi a vida. Fiquei internado por um mês, estava com algumas costelas quebradas, tive fratura exposta no braço esquerdo e precisei fazer uma cirurgia para reconstruir meu maxilar. — Enquanto me contava, ele mostrou as cicatrizes no braço e no rosto.

É claro que ela deixaria marcas físicas nele também.

Ele continuou:

— Ainda no hospital, assim que recobrei a consciência, recebi um bilhete dela. Fiz questão de guardá-lo, sabia que um dia poderia ser útil.

Ele se levantou devagar e abriu uma pequena caixa que estava dentro de uma gaveta na estante de madeira na sala. Estendeu o papel amarelado em minha direção. Notei que era a letra dela no papel.

Este foi um aviso para ficar longe da Alice. Ela já não é mais sua filha, apenas minha. Sinta-se livre como sempre desejou ser e nunca mais volte a procurá-la. Se isso acontecer, sua próxima estadia certamente não será em um hospital. E não tenha dúvidas de que ela estará muito mais segura e feliz longe de um bosta como você. Estenda este recado aos seus parentes nojentos que nunca gostaram de mim. Se eles também a procurarem... bom, para que servem os amigos senão para demitir algumas pessoas e assustar outras?

Meu pai não conseguiu segurar as lágrimas de cólera e desprezo contidos por anos. Acho que me entregar aquele papel e contar a sua versão dos acontecimentos o fez reviver a dor, mas também o libertou de alguma forma. O pranto que molhava seu rosto transbordava de sua alma, agora mais leve e, com sorte, mais limpa. Eu o entendia perfeitamente.

Era assustador ver como ela era calculista, entender que planejou cada detalhe monstruoso e que, mais uma vez, fez com que sua vontade prevalecesse. Meu pai, a única pessoa que me amou de verdade nessa vida, estava desmontado na minha frente. Cada uma de suas palavras eram formuladas com base em uma sinceridade pesarosa. Pensei em como aquele homem havia sofrido com ela, e depois, mesmo longe, com medo, renunciou a mim e à própria vida.

Senti de novo aquele embrulho no estômago, um velho conhecido, se formar. *Como alguém podia ser tão cruel, egoísta, a ponto de afastar pai e filha, duas pessoas que se amavam e que nunca deveriam ter se afastado pelos motivos errados?* Ela não tinha o direito de fazer isso comigo nem com ele.

Antes de ela tomar a vida dele para si, me recordo das histórias que meu pai contava e que por algum motivo não foram apagadas da minha memória. Ele era feliz, otimista, queria montar seu próprio negócio e dar orgulho a ela e a mim. Essa lembrança me fez enxergar aquele homem de novo na minha frente. Embora tenha levado algum tempo, eu estava orgulhosa por ele ter tido a coragem de me contar tudo e assumir os seus medos. Quis abraçá-lo, mas estava petrificada na cadeira à sua frente. A distância que nos separava não era de apenas aqueles poucos centímetros na pequena sala, era de uma vida.

Durante as últimas semanas, carreguei a sensação de que estava caindo de um precipício. O problema era que o chão nunca chegava.

— Sinto muito por tudo isso, você nem imagina o quanto. Sinto por você, por mim, por tudo que deixamos de viver e compartilhar. Sempre achei que eu tinha feito algo errado para que você nunca mais me procurasse. Todo aniversário, Natal, eu esperava você aparecer de surpresa. Até que um dia resolvi que não queria mais que você viesse, mas eu jamais imaginei o porquê da sua ausência. Ainda assim, no fundo, eu queria que você tivesse me roubado dela. Eu teria preferido viver escondida com você. — Apesar de conter as lágrimas, minhas emoções estavam afloradas, e eu não me importava mais em me mostrar vulnerável para ele. Cada palavra saiu de forma truncada, doída.

— Você não merecia viver fugindo, Alice. Se esconder nunca é a melhor solução, acredite. E com ela pelo menos você teve acesso a tudo, estava segura. Pôde estudar, escolher uma profissão, morar fora. Eu me apeguei a isso.

— O fato é que agora não faz sentido pensarmos em como nossas vidas teriam sido se sua postura fosse diferente. Você fez o que conseguiu na época, e agora eu sei disso. E é isso o que importa para mim.

— Você não faz ideia de como é bom ouvir isso.

— E como você veio parar aqui?

— Depois que recebi alta do hospital em São Paulo, peguei todo o dinheiro que eu tinha e nos mudamos de lá. Trocamos os nossos contatos, fiquei com medo pelas suas tias, seus avós. Ninguém sabia o que a Adelaide seria capaz de fazer e eu não quis pagar para ver. Nos mudamos para algumas cidades, até que cada um foi tocando sua vida e eu acabei me sentindo seguro aqui, de alguma forma. Mas nem preciso dizer que nunca me recuperei de tudo isso, me afundei no álcool por um tempo, cheguei a morar na rua porque ninguém mais conseguia me ajudar. Não me orgulho disso que estou te contando, mas é melhor que você saiba toda a verdade agora e por meio de mim. Se depois de ouvir tudo você não quiser mais me ver ou falar comigo, juro que vou entender.

— Se eu soubesse que você estava passando por tudo isso, pai... Mas não tem que sentir vergonha de nada que fez ou passou. A vida pode ser bem dura, e eu sei que são decepções assim que fazem com que algumas pessoas percam o rumo, a esperança.

— O que ela fez com você, Alice? Infelizmente, você parece conseguir se colocar no meu lugar mais do que eu gostaria.

— Nada de mais, não se preocupe. Acho que me saí bem, mesmo convivendo com ela. Para ser mais precisa, ela me mostrou tudo que eu não queria ser.

— Que alívio. Meu maior medo era que Adelaide conseguisse te manipular e criar uma cópia dela mesma, como desejava. E olha pra você, está longe de ser uma pessoa fraca e omissa como eu. Nesse ponto ela estava certa; realmente, crescer longe de mim foi o melhor para você.

— Não! Ela não estava. Você é mais forte do que pensa. Depois de tudo que passou, poderia ter tirado sua própria vida e não o fez. Você fraquejou, mas conseguiu superar, mesmo sozinho. No fundo, você sabia que se manter vivo e sóbrio seria a melhor resposta para dar a ela. E tire isso da sua cabeça de uma vez por todas, em nenhum dos cenários possíveis ficar longe de você foi o melhor para mim. Você tem bondade no coração, empatia. Como crescer perto de alguém assim seria ruim?

— Filha, agradeço suas palavras, mas eu também não sou esse homem íntegro que você acha ou de que se recorda. Já errei muito nessa vida, errei com a sua mãe quando era muito jovem. Errei em ter te deixado para trás. Errei quando, sozinho, fiz coisas das quais não me orgulho para alimentar meus vícios. Seria fácil apontar os defeitos da sua mãe, tudo que ela fez ou deixou de fazer. Mas eu seria ainda mais covarde se me posicionasse apenas como vítima.

— Eu não esperava encontrar nenhum santo. Fique tranquilo quanto a isso, eu não preciso saber de tudo. Me interessa saber dos sentimentos que resistiram e do homem que ainda está de pé diante de mim agora. O que você ainda deseja, pai?

— Que você encontre paz de agora em diante. Confesso que a morte dela, pelo menos para mim, foi um alvará de soltura. Meu desejo,

Alice, é que você consiga viver a vida que escolher para si. Sem medo, sem culpa, sem qualquer tipo de interferência.

Essas últimas palavras e seus votos nunca mais sairiam da minha cabeça. Mesmo de longe, meu pai foi capaz de imaginar os estragos que ela havia feito também na minha vida. Ele realmente a conhecia. Conhecia o seu poder de destruição. No final daquele encontro, nos abraçamos de uma maneira que eu jamais vou esquecer. Não pela intensidade do aperto ou pelos corações notoriamente acelerados, mas porque pela primeira vez me senti protegida de verdade. Senti que poderia desabar, que ele me sustentaria. Que eu poderia ser eu mesma, poderia lhe contar meus medos, minhas ansiedades, que ele beijaria minha testa e me traria para perto do seu peito reconfortante e seguro. Existem pessoas que são os nossos melhores lugares.

Quando peguei a estrada de volta, minha cabeça estava a mil. Muitas questões do passado haviam sido respondidas e parte do quebra-cabeça começava a se encaixar. E, quanto mais eu conhecia Adelaide, mais eu mergulhava em sua devastação. De ponta-cabeça, sem colete salva-vidas. O fato de não ser uma mãe ou esposa amorosa era o de menos; aliás, essas não eram nem de longe suas maiores falhas. Fosse intuição ou qualquer outra coisa o que me alertava para o que estava por vir, eu sabia que havia mais coisas para descobrir. *Até onde ela foi capaz de chegar?* Na verdade, não era um mergulho. Eu tinha sido arremessada contra um enorme iceberg, e estava à deriva. Não sabia ao certo se seria capaz de continuar nadando para chegar ao fundo, à origem. Nesse mar de mentiras, perdas e sofrimento, a água que me cercava era cada vez mais fria e escura. Eu estava me afogando. E essa certeza me lembrava também de que eu precisava ser forte e continuar, para pelo menos tentar reconstruir o que sobrou de mim. *Se é que isso era possível.*

Embora ele não tenha pedido nada, decidi que iria ajudar meu pai a se restabelecer para, quem sabe, ele ter motivos para continuar a viver de forma digna. Ele não merecia acabar daquele jeito, solitário e sem ter acesso ao mínimo que um ser humano merece. De alguma forma, depois daquela conversa, tínhamos um ao outro de novo. Independentemente dos seus erros e acertos na vida, ou do que ele tivesse feito no passado, sua essência era boa, ao contrário da minha mãe. E encontrá-lo me fez pensar muito sobre isso. Mesmo que alguém te dê todos os motivos para se tornar uma pessoa ruim, a decisão final entre aceitar ou não sempre será sua. Desta vez, o dinheiro, a fonte de obsessão dela, finalmente serviria para alguma coisa realmente valiosa: resgatar a hombridade e o orgulho de uma pessoa que teve a infelicidade de cruzar o caminho dela.

Enquanto eu dirigia, só conseguia pensar em como a humanidade havia se perdido, e no fato de que algumas pessoas provavelmente vieram à vida apenas para causar dor e sofrimento às outras. Todos, querendo ou não, deixaremos um legado, uma marca no mundo. E o da minha mãe, diferente do que ela imaginava, não seria sua reputação empresarial, dinheiro e fama.

Quando foi que alguém tomou para si o poder de decidir como outras pessoas deveriam viver ou quando deveriam morrer? Como eu havia fechado os meus olhos por tanto tempo para tudo que me cercava? Eu não saberia dizer ao certo o que estava me deixando mais decepcionada. Descobrir quão ruim minha mãe poderia ser, ou quão manipulável eu era.

capítulo 9

No dia seguinte, Alice se concentrou em aprofundar suas pesquisas. Estava cansada de se sentir um mero fantoche manuseável. Por mais que doesse admitir, talvez Adelaide estivesse certa. Ela era facilmente controlada e influenciada. Até aquele momento. As mesmas força e coragem que encontrou dentro de si para procurar o pai serviram para Alice se levantar da cama e fazer novas descobertas.

Sentada no sofá, acomodou o notebook no colo. Embora Tessália não estivesse na sua frente, sentiu a mesma responsabilidade. Não era uma conversa, mas saber sobre assuntos e pessoas que a cercavam a essa altura do campeonato era crucial. Odiava pensar assim, mas precisava saber quem eram seus aliados e seus inimigos. Alice sabia que, quanto menos fosse surpreendida, melhor. Ela já tinha complicações demais para lidar com situações que poderiam ter sido previstas.

Lembrou-se da reação de Alexandre, quando conversaram sobre seu afastamento da polícia, e jogou o nome do investigador no Google. Sua intuição estava certa. Não precisou pesquisar muito, já que o nome e fotos dele estavam estampados em vários sites e matérias recentes. *As pessoas são mesmo surpreendentes.*

Ficou surpresa com o nível da agressão que Alexandre protagonizara no vídeo a que acabava de assistir. Com o preso já no chão, rendido e praticamente desacordado, o então policial continuava a desferir golpes. A gravação, feita por alguém que estava próximo e presenciou a cena, não mostrava o que tinha levado àquele ponto. E a maioria dos comentários reforçavam a ideia de que, independentemente do que havia ocorrido antes, a violência do investigador não poderia ser justificada. E, se uma terceira pessoa não o tivesse tirado de cima do preso, certamente o homem teria morrido. Assistindo novamente a algumas partes, Alice percebeu que quem deteve Alexandre foi Marcelo. Sentiu-se enganada pelos dois. Era conveniente a indicação do delegado, ele só se esqueceu de informá-la de que Alexandre poderia ser perigoso e que, inclusive, havia sido afastado da corporação por seu comportamento repetido e imprevisível.

O que mais ela não sabia? Alexandre era realmente confiável? Levantou do sofá em um pulo, deixando o notebook no assento, pegou o celular e ligou para Marcelo. Logo de cara, pela introdução da conversa e do tom de Alice, o delegado entendeu que havia cometido um erro em não abrir o jogo para ela.

— Sinto muito por fazê-la se sentir assim. Nunca foi a minha intenção enganar você, e muito menos a do Alexandre.

— Posso saber qual seria a sua motivação, então, delegado, ao me induzir a contratar o seu amigo para teoricamente me ajudar? Alexandre trabalha para você ou para mim, afinal?

— Não sei o que viu na internet sobre ele, mas posso te garantir que o indiquei porque confio nele, Alice. Por mais que ele tenha cometido erros no passado, nunca duvidei do seu caráter ou empenho profissional.

— Então está me dizendo para eu confiar em você de novo e acreditar que Alexandre, além de confiável, tem um caráter admirável. É isso?

— Alice, entendo que você está passando por muita coisa, eu só quis ajudar. Tome as decisões que achar que deve. Só estou afirmando que, depois que ele foi expulso da corporação, todos os "amigos" o excluíram totalmente. Se não fosse este trabalho como detetive particular, eu nem sei o que ele teria feito. A investigação sempre foi a vida do Alexandre.

— Pelo menos existe lealdade entre vocês dois.

— Você tem certeza de que está irritada assim por ter descoberto o quão agressivo Alexandre pode ser? Ele fez alguma coisa com você?

Alice permaneceu calada no outro lado da linha.

— Todos cometemos erros, e ele pagou pelos dele — continuou o delegado. — Como não dá para mudar o passado, agora é seguir seu caminho e construir uma nova carreira. E sinceramente? Fico feliz por saber que as coisas estão dando certo no escritório dele. E faço questão de ajudar no que for possível, nem que seja com indicações, como no seu caso. Assim como para ele, o trabalho é a minha vida. Não consigo imaginar como seria se me tirassem o distintivo.

As palavras de Marcelo a acertaram em cheio. De fato, ela estava puta com a situação, por se sentir enganada o tempo todo, mas não com Alexandre. Marcelo poderia ter dado outro rumo para aquela conversa, mas, por fim, parecia apenas se importar com um velho amigo. Além disso, Alice sabia que estava com o orgulho ferido, motivo pelo qual ligou para o delegado no impulso. Apenas não queria mais se sentir fraca, manipulável. Mas logo entendeu também que impulsividade não era a melhor escolha para resolver nada. No final das contas, para que Alexandre pudesse entregar o que ela esperava dele, pouco importava a sua agressividade ou conduta profissional. Ela queria respostas, e não um aliado em que pudesse confiar integralmente. Então, ela mudou o tom da conversa.

— Acho que realmente estou com os nervos à flor da pele. Entendi a situação agora. E seu empenho em ajudá-lo a se recuperar diz muito sobre você também, delegado.

— Fico feliz que voltamos a nos entender.

— E ele não pode mais fazer parte da sua equipe?

— Não. Sequer pode prestar um novo concurso público. Ele toparia voltar em qualquer função, escrivão, perito criminal. Uma pena, Alexandre é um dos melhores investigadores que eu já vi em ação.

— Tudo nessa vida é perspectiva e ponto de vista, delegado. E em alguns momentos o caos é inevitável. E como você bem me lembrou, a questão é o que fazemos com as consequências que ficam. Espero que Alexandre se reconstrua.

— Em mais de vinte anos de corporação, já vi muita coisa, Alice. Pessoas que percebem suas infrações e lutam para não cometer novos erros são a minha espécie favorita na evolução.

— Disso eu entendo bem.

— De lutar contra seus ímpetos para não cometer os mesmos erros?

— Também. Controlar os próprios impulsos quando eles ferem outras pessoas não é uma tarefa fácil. Mas reconhecer isso e buscar ajuda talvez seja mais difícil.

— Ainda estamos falando sobre o Alexandre?

— Sim, delegado. Na verdade, não quero mais tomar o seu tempo. Acho que conseguimos esclarecer os pontos.

— Continuo à disposição, Alice. Tenha um ótimo dia.

Assim que desligaram, ela voltou para o sofá. Dessa vez optou por deitar e se limitou a encarar o teto por alguns longos minutos. Quando se deu conta, já estava pensando na mãe, em como aprendeu ao longo da convivência entre as duas que a questão não é fingir que a agressividade não existe dentro de cada um, mas sim reconhecê-la como parte de quem somos para poder controlá-la e direcioná-la, se necessário. Pensar assim a deixou mais confortável.

Alice havia aprendido em casa que se tratava de uma luta diária ir contra os instintos mais sombrios. E que o mais assustador em tudo isso era a sensação de que a qualquer momento a fera poderia se libertar e fazer mal outra vez. *Muito provavelmente era assim que Alexandre se sentia*, pensou. Não era só ele ou Adelaide. Alice concluiu em sua divagação que todos nós temos um lado sombrio, falhas e erros que lutamos para esconder do mundo e, às vezes, de nós mesmos. A questão então passa a ser escolher o lado que você deseja que tome as rédeas. Ninguém precisa ter acesso à sua batalha interna. Desde que você consiga controlar o que precisa esconder, tudo ficará bem.

Alice pegou de novo o notebook e mais uma vez pensou em como o que não falta hoje em dia são os juízes da internet, cada vez

O veneno do caracol

mais donos da razão e da verdade absoluta. As pessoas estão atentas à conduta dos policiais e, infelizmente, quando um vídeo ganha repercussão, dificilmente é por um bom motivo. O tempo coloca as coisas no lugar. Daqui a pouco ninguém mais se lembraria de tudo que aconteceu com Alexandre. Mas seu passado, esse não poderia ser apagado, sempre estaria ali, era parte dele. Independentemente do que fizesse, seria avaliado, existiriam ressalvas. O problema é que, quando se comete um erro grave, você passa a ser julgado por todo o resto. Não importa o quanto acerte em outras decisões, o que te marcou será lembrado. No caso do investigador, usar da sua superioridade e força bruta de forma descontrolada se tornou uma espécie de rótulo. Em algumas matérias associaram o nome dele também a corrupção e extorsão. Um erro que ganha repercussão abre as portas para uma avalanche de outros que estavam igualmente escondidos.

Alexandre continuava no jogo. E agora, sabendo com quem estava lidando, Alice se sentia mais forte de alguma forma, e, como em poucas ocasiões na vida, estava fazendo as coisas do seu jeito. Sentiu que estava no controle.

capítulo 10

Depois de despachar alguns documentos e realizar algumas tarefas obrigatórias e automáticas, foquei no segundo assunto que estava na minha pauta para ser resolvido no dia.

Como eu não havia retornado as ligações de ninguém, nem agradecido qualquer coroa de flores ou presente, achei que as pessoas haviam finalmente entendido que eu precisava de um tempo. Por meio de um comunicado oficial produzido pela assessoria de imprensa da empresa e aprovado por mim, sem ter lido uma linha, a única informação que os jornalistas, familiares distantes e curiosos que acompanhavam o caso tinham era que, em respeito a um pedido da falecida, não haveria enterro. *Muito menos aberto a estranhos, ela ia odiar isso.*

O que eles não sabiam, e fiz questão de não divulgar, era que eu me empenharia em fazer a última vontade dela. Duas semanas já haviam se passado do prazo que o IML tinha para encerrar seu trabalho. Pedi então que os nossos advogados providenciassem os documentos necessários para que, assim que liberado, o corpo fosse cremado. Depois, com tempo, eu pensaria no que fazer com as cinzas, já que em relação a isso ela não havia deixado instruções.

Só de pensar em ter que levar a urna para casa, eu me arrepiava toda. Não me agradava nem um pouco a ideia de que, de alguma forma, ela ainda estivesse comigo. Apesar de não saber ao certo o que fazer, não restava dúvida de que olhar para a urna seria um lembrete de que, mesmo morta, ela continuava a me vigiar. Quando fiz uma pesquisa rápida e superficial sobre o assunto, descobri que a recomendação das próprias funerárias é de que as cinzas sejam encaminhadas e mantidas em locais sagrados, templos de diferentes religiões ou mesmo nos próprios cemitérios que realizam a cremação. Além de não conseguir imaginar se essa ideia agradaria minha mãe, fiquei pensando que jogar em algum lugar aleatório, como em pontes ou no mar, era mais estranho ainda.

Até agora não tinha parado para pensar nisso e decidir, e achei até curioso quando li que realmente, em raríssimas exceções, as cinzas são levadas para casa. *Acho que mais gente pensava como eu, tomara que não pelos mesmos motivos.* E somente nos casos em que o falecido tivesse sido morto em guerra ou em locais onde não existissem cemitérios para realizar o sepultamento, essa prática era indicada, o que não fazia o menor sentido para minha mãe.

Eu precisava de foco para fazer tudo que era necessário. Algumas pontas ainda estavam soltas e eu precisava conectá-las. O tempo estava correndo. E não era a meu favor.

capítulo 11

19 de julho de 2021
Diego Gomes
Uma semana antes da morte de Adelaide

Não eram poucas as vezes em que me sentia sozinha. E isso acontecia principalmente quando eu estava cercada por pessoas das quais eu não sabia nem o nome. Um vazio substancial ocupava um espaço maior do que eu gostaria no meu peito. De certa forma, era parte de mim. E não tenho dúvida de que esse vulto, inclusive, me precedeu em alguns momentos. Antes que eu pudesse me apresentar ou até mesmo pronunciar a primeira palavra, ele já estava lá. Se manifestava através do silêncio, da face pouco expressiva, do olhar distante.

A sensação que me acompanhava era a de que eu havia caído nesse mundo por acidente. Não me encaixava em muita coisa, não me sentia parte de um grupo, de uma família, e muito menos da minha.

Confesso que, quando criança, achava meio estranho não ter tanto contato com os parentes, nem por parte de pai, nem de mãe. Enquanto ele ainda morava com a gente, a casa tinha, vez ou outra, algum vislumbre de confraternização e receptividade. Lembro de alguns tios, os maridos das irmãs dele, visitarem a casa. A forma despojada e leve com que levavam a vida era quase um objeto de admiração e estudo para mim. Eles riam deles mesmos e até dos infortúnios comuns à existência. *Não seria essa a melhor forma de encarar os percalços da vida?* Não me recordo de muitos detalhes, mas nunca vou esquecer das sensações. Com eles por perto, eu me desarmava, sentia que não precisava manter uma aparência e nem tentar agradá-los demais. Eles me aceitavam pelo simples fato de ser filha de um homem que, pelo visto, era sinceramente querido por todos ali, sem maiores interesses pessoais envolvidos.

Diferentemente do que minha mãe julgava, claro. De duas, uma. Nessas ocasiões, ou ela se ausentava de propósito ou não fazia a menor questão de demonstrar que as visitas eram bem-vindas. Talvez por isso esses encontros foram se tornando cada vez mais espaçados, até que nunca mais aconteceram, pouco antes da partida do meu pai.

Não me lembro também de ter tido muitos amigos na infância. O contato com outras crianças acontecia basicamente na escola. E, mesmo lá, eu ficava boa parte do tempo sozinha, não era nada popular. Agarrei-me ao fato de que minha mãe costumava dizer que "amizade demais só atrapalha, tira o foco do que precisa ser feito". *O que uma criança ou adolescente precisava fazer, se afastar de todo mundo?*

Mesmo que inconscientemente, acho que internalizei e levei para a vida o que poderia ser considerada uma doutrina criada por ela. Na adolescência, eu já não sofria mais por não ter amigos ou uma vida convencional. Vencida a fase de querer dormir na casa das colegas ou a vontade de, em algum momento, ter participado de uma noite do pijama, percebi que não me importava mais com essas coisas. Então, concluí que o pior já tinha passado e que talvez eu estivesse me tornando o que ela gostaria que eu fosse: solitária. Eu não poderia ter distrações com tantas decisões importantes que precisaria tomar em pouco tempo. E toda aquela coisa de amizade, saídas aos fins de semana, farras e namoradinhos me pareciam cada vez mais supérfluas e extravagantes.

Sem contar que, sem querer, eu tinha conquistado a atenção e proteção da Tes. Desde o primeiro dia, eu soube que poderia confiar nela e que ela estaria do meu lado em todos os momentos. Então eu não podia reclamar. Mesmo que fosse a única, Tessália era a melhor amiga que qualquer pessoa poderia ter.

Eu poderia contar também com uma meia dúzia de puxa-sacos que sabiam que eu era a filha da Big Boss, como costumavam chamá-la nos bastidores. Confesso que até admirava o esforço que faziam para mostrarem como eu era especial e querida. *As pessoas sabem ser falsas e igualmente agradáveis quando as convém.* Se me tirassem o sobrenome, no dia seguinte meu status passaria de bajulada a ignorada, o que definitivamente combinava muito mais comigo.

Tirando a Tes, apenas mais uma pessoa conseguiu me ver, me enxergar além do peso de uma posição social. Mas, diferentemente da minha amiga, ele não foi capaz de permanecer.

Por consequência das atitudes da minha mãe, e da minha apatia constante, com o passar dos anos fomos ficando nós duas em casa, quase que isoladas do resto do mundo. Não preciso nem dizer que ela também não se dava muito bem com a própria família; exaltava a trajetória dos seus pais e tal, mas se mantinha distante de todos por escolha própria. Chegou a um ponto em que eu nem tentava mais entendê-la, passei a perceber que a solidão era parte dela. Assim como o vazio era parte de mim.

Em um primeiro momento, as escolhas dela influenciaram diretamente meus dias. Depois, mais velha, não sei se eu faria tudo diferente. Mas eu gostaria de pelo menos ter tido a chance de escolher entre ter amigos ou não, receber as pessoas em casa, sair de vez em quando para fazer algo que não fosse relacionado aos compromissos sociais dela, que era o mesmo que dizer da empresa.

Durante anos, principalmente depois que comecei a estudar psicologia, achei que aquele comportamento era uma forma de defesa, de proteção contra qualquer possibilidade de dar a alguém a chance de magoá-la. Ou até mesmo que fosse contra gostar de alguém, um sentimento mais perigoso ainda, cujo controle é quase impossível. Digo quase porque, tratando-se dela, não me assustaria que fosse capaz de escolher a quem amar e por quanto tempo.

Um pouco mais madura e observadora, percebi que era sua postura diante da vida mesmo. Não me recordo dela cercada de amigos, apenas de funcionários que eram obrigados a aguentar suas grosserias e prepotência. E ela parecia não se importar com isso, pelo contrário. Cheguei a presenciar, tanto em casa quanto no escritório, diálogos em que se eu estivesse do outro lado não suportaria por salário nenhum. Se bem que era fácil falar isso, eu suportei coisa muito pior e permaneci ao lado dela.

Concluí, então, que Adelaide gostava da sensação de poder ilimitado. E na cabeça dela, pelo que tudo indicava, mandar nas pessoas, principalmente quando elas eram submissas e humilhadas, enaltecia sua superioridade comprada. Ao se impor, ditar as regras, decidir como as pessoas deveriam se reportar a ela ou até mesmo tratá-la, ela se sentia grande, maior que todos. E estar sozinha praticamente o tempo todo era a escolha que havia feito para si e aparentemente para mim.

Quando penso nisso, me sinto um pouco mais confortável. A indiferença e a frieza não eram só comigo, no fim. Apesar de achar que em vários momentos as palavras e a intensidade eram ainda piores quando se tratava de mim, me tornei um saco de pancadas calejado e, por que não, resistente. Afinal, como ela dizia: "A vida não é fácil e meu papel como mãe é te fazer forte, combativa. De gente fraca e sem propósito o mundo já está farto, o que não faltam são fracassados. Um dia você ainda vai me agradecer, Alice, por ter te mostrado o caminho".

Pensei várias vezes em como soava irônico esse conselho. Eu poderia até ser fraca por não conseguir impor minhas vontades e opiniões, mas não era burra. O que ela mais fez na vida foi me manipular, e a cada nova descoberta sobre seu passado isso ficava ainda mais evidente. *Ela não me tornou combativa, mas submissa. Ela não me tornou forte, mas medrosa. Ela não me mostrou o caminho, me tirou o chão.*

De forma ingênua e até mesmo com uma vontade tremenda de romantizar a situação, eu até achava que essa era a forma que ela havia encontrado para me dizer "estou cuidando de você, filha, eu me importo com você". Mas depois, com mais entendimento sobre a vida e com o pé na realidade, percebi que ela não se importava com nada que não fosse si mesma, seus objetivos e planos. Se ela tivesse que escolher entre a empresa e eu, por exemplo, não tenho a menor dúvida de qual teria sido sua escolha. E nem posso culpá-la por isso, pelo menos os negócios davam orgulho a ela.

O problema era quando alguém, mesmo que sem intenção, tentava interferir em seus planos minuciosamente elaborados. No jogo de xadrez da vida, ela era a rainha. Ela direcionava as peças quando e para onde desejasse. E caso um jogador tentasse se opor ou começasse a se destacar, logo a rainha implacável tratava de retirá-lo do jogo. Simples assim.

Dizem que o tempo cura tudo ou se encarrega de colocar as coisas no lugar, mas eu discordo. Acho que, às vezes, a dor só se torna um buraco negro dentro da gente, com o qual passamos a conviver, a aceitar, e não damos mais a devida importância à sua circunferência e espaço que toma. Mas isso não significa que ele não esteja ali, drenando a nossa energia, cada dia mais forte e espesso.

Meu buraco negro tem nome: Diego. Eu o conheci por volta dos vinte e três anos, ele tinha começado a trabalhar na parte administrativa da empresa. Foi em meados de 2019, quando eu estava determinada a mudar de vida e já tinha saído de casa. Talvez fosse aquilo que Tessália costumava dizer, a tal energia do universo que conspira a favor. É claro que eu já tinha me envolvido antes com um cara, mas nada que realmente fosse relevante. Era sempre mais do mesmo, não havia interesse ou qualquer motivação que me fizesse querer ir além, mesmo que esse além significasse manter contato.

Com ele, tudo foi diferente, desde o primeiro dia. Apesar do pouco tempo de trabalho, Diego provavelmente era muito especial também para ela, porque dificilmente, para não dizer raramente, minha mãe elogiava alguém. Muito menos em público. E a vi fazendo isso em relação a ele duas ou três vezes, o que chamou a atenção de todos que a conheciam, não só a minha.

Nesse período em que ele ascendia, eu também estive mais presente, tentando pela décima vez me inteirar mais dos assuntos da empresa. Essa aproximação era na verdade parte do trato que fiz com minha mãe. Ela me deixou sair de casa para morar sozinha, e eu prometi que tentaria de verdade, mesmo que fosse a última vez, me apaixonar pelo mundo encantador da exportação de soja.

Diego até tentou me ajudar a entender melhor aquelas planilhas infinitas, mas, definitivamente, eu não era a pessoa dos números. Para ele e outros ali, tudo fazia sentido, era lógico, funcionava como deveria em função de uma gestão eficiente, tecnológica e que gerava resultados, batia recordes e todas as metas macroeconômicas, mês após mês.

Do meu lado, tudo isso representava uma espécie de tortura. Eu odiava ter que saber a cotação do dólar do dia, acompanhar a oscilação da bolsa de valores, ou mesmo participar daquelas reuniões cheias de jogos estratégicos e negociações com os fornecedores e compradores. A verdade, que eu já sabia e minha mãe não aceitava, era que eu não dava a mínima para a safra do ano e muito menos para o meu futuro dentro daquele lugar, que me sufocava desde o momento em que chegava.

No auge da pandemia no início de 2020, fomos obrigados a nos adaptar, assim como o resto do mundo. E, para mim, todo o caos mundial foi positivo, pelo menos no primeiro ano. Morando sozinha e me adaptando ao home office naquele momento, eu não precisava mais ir diariamente à sede da empresa e conseguia acompanhar tudo de longe. Pelo menos em casa eu não precisava fingir entender ou participar daquele universo ao qual eu não pertencia. No máximo as pessoas me viam nas reuniões on-line, mas nem toda a tecnologia do mundo seria capaz de transmitir a minha falta de interesse e repulsa por boa parte do que tratavam ali. On-line, para todos fazia questão de me fazer presente, e, quando necessário, dissimulava certo interesse. E talvez essa seja a maior contradição entre o mundo físico e o virtual, ao mesmo tempo, eu estava cada vez mais distante e blindada. E foi justamente neste período que eu e Diego nos aproximamos mais.

Tinha semana que Diego ficava todos os dias comigo em casa. Trabalhávamos juntos e ele só saía também a pedido da minha mãe, quando era necessário acompanhá-la em alguma reunião de negócios ou para analisar a troca de algum fornecedor que fosse impactar os números da empresa. *Bom, pelo menos era isso que eu achava.*

Não sei se acredito em amor, muito menos à primeira vista. Mas sei que quando o vi pela primeira vez senti tudo o que eu nunca havia sentido por ninguém. Todo aquele pacote bizarro de sensações, comum aos apaixonados, que eu escutava Tessália e outras pessoas comentarem, mas que eu realmente achava exagerado, até experimentar em mim. Quem teria o poder de prender a sua atenção com um magnetismo natural e com a força de um ímã gigante e potente? De fazer seu estômago dar sinais de que talvez fosse o órgão mais incontrolável do seu corpo ou de fazer você transpirar em locais que nem sabia que era possível, só por saber que essa pessoa ia chegar? De mudar toda a sua rotina em poucos dias, de mudar os seus planos, de idealizar novos sonhos. De influenciar seu apetite, seu sono e seu humor. Diego tinha esse poder sobre mim.

Mais tarde, já juntos, ele me confessou que tinha sido recíproco. E talvez, por isso, as coisas entre a gente tenham tomado uma proporção tão grande em pouco tempo. Arrisco-me a dizer que vivemos em meses o que muitos casais não experimentam em anos. A própria convivência todos os dias... Não são todos os casais que se saem bem na tarefa de se ajudar e respeitar seus espaços individuais, dividindo o mesmo ambiente 24 horas. No nosso caso, tudo era muito intenso e compartilhado. Conversávamos sobre tudo, ríamos das mesmas piadas ou memes bobos. Quando não tínhamos a mesma opinião sobre algo, eram as melhores conversas. Trocávamos ideias e respeitávamos as diferenças que existiam.

No começo do relacionamento, nos encontrávamos na hora do almoço ainda na empresa, no café da tarde e, às vezes, na saída no final do dia. Poucas pessoas sabiam, e com todas elas deixamos claro que o ideal seria que a nossa história não chegasse aos ouvidos da minha mãe. No fundo, eu tinha um medo absurdo de que ela, por um motivo que provavelmente nunca ia entender, me tirasse a única coisa boa que a vida tinha me apresentado.

Diego tornou-se meu melhor amigo, meu parceiro, fosse de balada ou de maratona de série no domingo. Era também meu conselheiro quando eu me abria com ele sobre qualquer assunto. Aquele sentimento de vazio, de não pertencimento, cedeu lugar à esperança de ter dias mais felizes, um futuro mais colorido, leve e promissor. *Afinal, eu também merecia ser feliz, certo?*

Mas nosso romance durou apenas oito meses, que foram regados a juras de amor e a expectativas de viver algo mais sério no futuro. As poucas pessoas que sabiam e que tiveram a chance de nos ver juntos, como Tessália e a irmã dele, eram testemunhas da nossa cumplicidade e sintonia. Ele me fazia rir e, quase sempre, a gente chegava à conclusão de que pensávamos igual sobre o que realmente importa na vida.

Apesar de tudo isso, não chegamos a evoluir como era de esperar. Do nada, sem nenhum acontecimento que pudesse justificar a sua conduta, ele me disse que precisávamos conversar e simplesmente me informou que estava com passagem comprada para se mudar para a Austrália, onde faria intercâmbio. Quem, em sã consciência, ia inventar uma mudança dessa magnitude no meio de uma pandemia? Ainda mais para o outro lado do mundo? De onde ele tinha tirado essa possibilidade? Ele nunca sequer havia comentado a vontade de morar fora de São Paulo. E olha que tivemos tempo para conversar sobre muitos assuntos, principalmente de um possível sonho. Por que ele nunca teria tocado nesse assunto antes?

— Diego, fala comigo. Eu sei que está acontecendo algo, você nunca me tratou assim — cobrei, realmente sem entender aquela decisão. — Suas atitudes recentes não combinam com você! Caramba, olha pra mim!

— Tira a mão, Alice! Já falei que não aconteceu nada, você poderia simplesmente respeitar uma decisão minha? E você acha mesmo que vai conseguir me segurar? Se entrar na frente de novo, eu vou derrubar você, estou cansado dessa sua insistência.

— Do que você está falando? Ficou louco? Ninguém toma uma decisão assim sem que algo grave tenha acontecido. E a gente? Nossa relação se resumiu a você querer passar por cima de mim, literalmente?

— Tira as mãos de mim! — Ele queria se livrar da minha tentativa de aproximação. — Não vou falar de novo.

— Não é insistência, seu idiota! Não percebe que está destruindo nós dois?

— Já te falei também, não existe mais nós dois. Agora sou eu do outro lado do mundo e você segue como quiser.

— Precisa ir para tão longe assim pra se autoafirmar?

— Alice, essa conversa já deu. Para com isso. Eu não vou voltar com você, não vou mudar de opinião.

— Eu não acredito que você tá fazendo isso comigo. Achei que qualquer pessoa nessa vida pudesse me machucar dessa forma, menos você.

— Alice, eu nunca quis machucar você. Mas tomei uma decisão e tenho esse direito. Só quero que entenda que acabou.

— Você não estava feliz comigo? Para de se esquivar, olha nos meus olhos e me responde.

— Não, Alice. Não me vejo mais ao seu lado, era isso que você queria que eu respondesse?

— Eu queria que você fosse sincero. Só isso que eu esperava de você. Mas sequer tem coragem de me olhar nos olhos. Não posso mais encostar em você. Apenas tenho que aceitar o fim que você escolheu, é isso, Diego?

— Entenda como quiser. Se para me deixar ir você precisa acreditar em tudo isso que acabou de dizer, ok.

— Ok? Você só pode estar brincando comigo!

— Alice, para! Essa conversa já foi longe demais. E essa será a última vez que seguro você, controle-se! Você não percebe que está me afastando cada vez mais com atitudes como essa?

— Agora a culpa é minha das suas burrices? Era só o que faltava mesmo. Quer saber, some mesmo da minha frente! Nitidamente você não está feliz com essa merda de decisão que tomou, mas quem se cansou de tentar abrir seus olhos sou eu.

O fato é que de nada valeram meus questionamentos, que ficaram sem respostas nas breves conversas que nos restaram depois do comunicado. Fui pega de surpresa e senti o mundo à minha volta desmoronar. Só que o barulho desse estrago foi alto demais, ensurdecedor. Eu não tinha a menor ideia do que fazer para aquela dor parar de uma vez por todas.

Tudo aquilo não fazia o menor sentido. Poucos dias antes, falávamos sobre como contaríamos para as nossas famílias sobre a nossa intenção de ficar juntos, de crescer juntos. E, por mais que fossem alguns meses, eu o conhecia o suficiente para saber que ele não tomaria uma decisão dessa sem conversar comigo. E mesmo se o fizesse, insistiria para eu ir junto, esse era o ponto. Ele, melhor do que ninguém, sabia que nada me prendia àquela cidade. Pelo contrário, eu ansiava por uma nova vida, por um recomeço, com ele. *Por ele. Por mim.* No entanto, toda essa consideração e sentimentos eram meus. Diferentemente do que eu imaginava, eu não apenas não o conhecia, como não fazia ideia do que poderia esperar dele. Pelo menos a sensação de desprezo e indiferença já me eram familiares.

Mais uma vez me vi de mãos atadas. Na época, Tessália me aconselhou a lutar por aquele amor, a lutar por nós. Disse ainda que talvez Diego estivesse confuso, perdido ou até mesmo que poderia estar assustado com a velocidade com que as coisas estavam acontecendo entre nós, e aquela poderia ser uma forma de fuga, de autossabotagem. Considerei o que ela disse, até porque acreditei que ali não era a minha amiga dando um mero conselho, afinal, ela tinha conhecimento aprofundado e poderia ter notado algo no comportamento dele que eu não seria capaz de identificar sozinha. A verdade é que eu quis me apegar à possibilidade de Tes estar certa na sua análise da situação, mas, no fundo, minha intuição não permitia que eu me iludisse. Diego não era uma pessoa que se assustava com responsabilidades. Não combinava com ele a omissão e, principalmente, quando não queria algo, ele explicitava em palavras ou olhares. Ele era muito expressivo. Ainda assim, considerei o que Tes havia dito, como forma de uma última e desesperada tentativa de reverter algo que já havia se quebrado.

— Amiga, você não entendeu. Acabou. Mesmo me sentindo humilhada, procurei ele, disse que caso eu estivesse indo rápido demais ou se ele estivesse se sentindo pressionado, que poderíamos conversar, encontrar um caminho para continuarmos juntos.

— Ai, Alice, me sinto péssima por ter incentivado você a tentar uma última vez. Acreditei que ele pudesse rever suas atitudes, considerar sua mudança de postura e abordagem.

— A culpa não é sua. Mas a verdade é que eu recuei, sim, passei por cima do último resquício de orgulho e amor-próprio que me restavam, porque eu acreditava nesse amor.

— E não acredita mais?

— Tes, ele parece outro homem. E essa nova versão eu desconheço. Chorei na frente dele, tentei abraçá-lo. Com tudo isso, recebi em troca um olhar complacente, de pena. E era assim que eu estava me sentindo mesmo, digna de dó.

— Não faz isso com você, Alice. Quem deveria estar se sentido mal por provocar tudo isso em alguém deveria ser o Diego.

— Ele está irredutível. Para ser mais precisa, desde que me comunicou a sua decisão, os diálogos que prezávamos tanto deram lugar a mensagens sem resposta, ligações recusadas, uma frieza dilacerante.

— Então agora chegou o momento de realmente encerrar essa história. Você já se feriu demais por alguém que sequer considera seus sentimentos e respeita a sua dor. Você ainda vai encontrar um cara que vai te fazer entender por que não deu certo com o Diego, você vai ver.

Eu não queria outro homem. Ninguém nunca vai entender a conexão que tínhamos. Como alguém poderia mudar assim, se tornar outra pessoa? Ou aquele era o verdadeiro Diego, que apenas havia se revelado?

Eu nunca teria essa resposta. Não havia mais pelo que lutar, não havia mais o que fazer. A única alternativa que me restou foi me afundar em algumas garrafas de vinho e fingir para todo mundo que estava tudo bem. Afinal, "Quem nunca passou por isso? Vocês eram muito novos... não era pra ser mesmo", "Vida que segue, daqui a pouco outro cara aparece", "Você ainda vai entender por que tudo aconteceu dessa forma, dê tempo ao tempo", "Dor de amor só se cura com outro amor", "Relaxa, daqui a pouco você nem se lembra dele mais". Esses foram os argumentos que eu mais escutei de pessoas que não me conheciam a fundo, que não conheciam a nossa relação.

Eu não queria entender. Eu não queria superar. Eu não queria que ele fosse para o outro lado do mundo. Eu só queria acordar e olhar para ele do outro lado da cama, ainda sonolento, sentir sua respiração no meu pescoço, ou acordar sem a coberta que estava toda com ele. Eu não queria que a vida seguisse, maior mantra dos últimos tempos, sabendo que ao chegar em casa ele não estaria lá me esperando, não me perguntaria como tinha sido o meu dia ou se eu estava com fome.

Considerando como tudo acabou, não penso que voltei ao meu estado natural de sobrevivência. É verdade que antes de Diego eu já havia passado por um bocado de coisas na vida e muitas decepções. Mas, depois dele, eu soube que nunca mais voltaria a ser a mesma pessoa. Eu nunca tinha experimentado o amor, era como se o meu coração palpitasse fora do meu peito. Depois de sentir algo assim, e de ter isso arrancado de você, não... ninguém volta do ponto de onde partiu.

Por um breve período tive a honra de cruzar com a esperança, e ela é incrivelmente atraente e perigosa. Pode te fazer acreditar que você é capaz de ser feliz. Mas, assim como os sonhos e a liberdade, ela não encontrou espaço em uma alma condenada ao vazio e à escuridão.

capítulo 12

É claro que passou pela minha cabeça que a mudança drástica de Diego poderia ter sido fruto de alguma interferência da minha mãe. Mas logo descartei essa possibilidade. Primeiro porque, como estávamos boa parte do tempo em home office, não tinha como ela saber do nosso romance. Nesse período, com a ajuda dele, eu estava demonstrando também interesse pelos negócios, e usava algumas respostas fornecidas por ele para poder agradá-la e deixá-la o mais longe possível da gente. Então, muito provavelmente, ela estava feliz com meu comportamento e súbito interesse pela empresa. Era tudo que ela queria, e era uma troca justa. Eu dava a ela uma filha engajada e participativa, e ela me dava a chance de viver minha vida pessoal da forma que eu determinasse.

Depois, se ela tivesse alguma dúvida ou porventura tivesse ficado sabendo, me perguntaria na hora. Duvido muito que não me colocasse na parede, tentasse me confrontar de alguma forma, até porque era meu primeiro namoro sério, e acho que no fundo as mães sentem essas coisas. Sabem quando é importante para o filho, quando eles estão felizes. Se tinha algo que não combinava com ela, esse algo era "deixar as coisas acontecerem". Por mais que eu estivesse me envolvendo com uma pessoa da confiança dela, não passaríamos ilesos pelo seu julgamento. Então, não, dessa vez ela não tinha nada a ver com o rumo que as coisas tomaram. Eu e Diego éramos os únicos responsáveis.

...

Por catorze meses, não tive nenhuma notícia dele. Diego já era reservado, mas, quando se mudou, excluiu todas as suas contas nas redes sociais e nem de forma indireta eu pude acompanhar como estava sua vida no novo país. E acho que, no fundo, foi melhor assim, afinal, como diria o velho ditado, "o que os olhos não veem, o coração não sente".

Foram vários os momentos de embriaguez e solidão em que eu só queria falar com ele, ouvir sua opinião sobre algo, ou apenas escutar sua voz com efeito calmante, me dizendo que tudo ia terminar bem. Me arrependi de ter apagado nossas conversas antigas; pelo menos nesses momentos, dos quais eu não me orgulhava nem um pouco, poderia ter resgatado um áudio ou mensagem do homem por quem havia me apaixonado.

Ainda assim, depois de uns meses e do choque de realidade, não consegui esquecê-lo. Descobri ainda que, por mais que você esteja convencida de que foi o melhor para sua vida ou que merece uma relação em que as duas pessoas compartilhem dos mesmos sonhos e sentimentos, o processo não pode ser acelerado. Passei por todas as fases pós-término. Senti raiva dele e de mim, não sabia o que fazer nos primeiros fins de semana sozinha. Queria contar para ele como estava minha faculdade, queria continuar compartilhando minhas expectativas para o futuro que estávamos desenhando juntos. Mas aí lembrava que ele já não fazia parte do meu presente, e era exatamente nesses momentos que eu alimentava o meu buraco negro, que, apesar do tempo, não diminuía.

Tentar negar esse sentimento também não resolveu. É fácil, com o tempo, fingir para as outras pessoas que você já superou, que já está bem. Mas, até que isso realmente aconteça, o melhor a se fazer é deixá-lo guardado, o mais escondido possível. Embora o coração suporte esses tempos necessários à sua recuperação, é só quando ele se sente liberto que volta a bater.

Depois de me conformar com a sua ausência e seu desprezo, entendi, por fim, que talvez estivesse me curando. Se para mim nosso relacionamento era prioridade, para ele bastou uma oportunidade que ele julgou interessante para largar tudo e mudar de vida.

Foi nesse período de fossa total que tomei coragem para prestar vestibular e me matricular na faculdade, que comecei no segundo semestre de 2020. Este era um plano antigo que, inclusive, tinha o apoio total de Diego. Mas como havia acontecido tanta coisa nos últimos anos, acabei adiando. E para não confrontar a minha mãe no momento errado. Eu sabia tudo que precisaria enfrentar quando ela soubesse que eu não tinha seguido suas orientações e que, de uma forma definitiva, iria construir minha carreira longe da empresa dela. Isso porque, para enterrar de vez seus planos de sucessão, não fui fazer administração e muito menos economia. Entrei no curso de psicologia sem que ela soubesse. Como as aulas eram on-line e o trabalho na empresa também, era possível conciliar as duas atividades sem maiores dificuldades.

— Como é bom te ver assim, Alice! Há tempos não te vejo tão empolgada!

— Estou adorando o curso, Tes. A cada aula descubro tantas coisas sobre mim. E já estou me tornando mais observadora, de olho nas pessoas. Quem sabe um dia possamos trabalhar juntas!

— Eu adorei essa ideia! Seria um prazer dividir um consultório com você. Imagina que delícia, a gente se encontrar todos os dias, almoçarmos juntas.

— Parece um sonho, mesmo.

— Sonhos também podem se tornar reais, Alice.

— Gosto da sua visão otimista do mundo e sobre as pessoas.

— Você está mais perto de conseguir o que deseja, amiga. Já deu os primeiros passos, não percebe?

— Acho que você está certa. Esse sentimento de agir é bom. Você tem razão, sonhos podem se tornar reais e vou trabalhar para isso a partir de agora.

— Essa é minha garota! É assim que se fala. Vamos pedir mais um café?

— Claro, te acompanho no café. Mas não vou comer mais nada.

— Alice, você deu duas mordidas nesse *croissant*. Não existe a menor possibilidade de você estar satisfeita.

— Não se preocupe, eu comi bem em casa antes de vir. Não sou muito de comer na rua.

— Menos mal. Espero que esteja se alimentando bem, principalmente agora com essa jornada dupla. E, por falar nisso, como sua mãe reagiu a tudo isso?

— Bom... ela...

— Ela não sabe ainda. Alice, isso é perigoso.

— Ela não precisa saber de tudo. Pelo menos não por enquanto. Deixa o curso avançar, quando eu estiver pronta eu conto.

— Você quem sabe. Só toma cuidado porque, se descobrir de outra forma que não seja por você, ela pode se sentir traída, enganada. E te perdoar ou aceitar pode ficar mais difícil.

— Perdoar? Por eu ser omissa em uma questão exclusivamente minha?

— Por você mentir para ela. Mas, principalmente, por fazê-la acreditar que está mais perto dela e do escritório. Você sabe que o plano dela é você assumir os negócios da família. E não se tornar uma psicóloga.

— Não se preocupe, Tes. Com ela eu me resolvo depois. Vamos pedir ou não outro café?

No fundo, eu sabia que Tessália tinha razão sobre seu alerta. Para minha mãe, eu dizia que ia pensar no que fazer no futuro. Em parte, acredito que aquela resposta a satisfazia porque eu estava na empresa, se não de alma, pelo menos de corpo presente e câmera ligada. Sem contar que minha mãe defendia a prática em detrimento da teoria.

Ela enchia o peito para dizer que não tinha tido a oportunidade de estudar quando tinha minha idade, mas que isso não a impediu de construir o seu império. E, é claro, sempre que podia ela tentava me ensinar alguma coisa, mesmo que da sua forma torta.

    E a cada dia que passa tenho mais certeza de que a vida, de alguma forma, parece zombar da gente. Ou pelo menos de mim. Com o tempo, eu já não me lembrava mais do Diego com raiva, nem mesmo queria saber o que o tinha levado a tomar suas decisões. Agora ele era apenas mais um que eu não fazia a menor questão de saber se estava vivo ou morto. Bem, pelo menos era isso que eu dizia para mim mesma com o intuito de esconder qualquer resquício de sentimento que, porventura, ainda pudesse existir dentro de mim. Era mais fácil não pensar ou simplesmente deixar tudo como estava. Nesse quesito, morar em continentes diferentes era perfeito.

    E sim, ele estava vivo, me encarando sem desviar o olhar, que embora indecifrável continuava penetrante. Por alguns segundos, que pareceu uma eternidade, passou pela minha cabeça ignorá-lo e fingir que não o tinha visto sentado à mesa de frente para a minha no pequeno restaurante perto da empresa que, coincidentemente, ele havia me apresentado no passado e que frequentávamos juntos. Pensei também em encará-lo de volta e ter coragem para, pelo menos, o mandar para o inferno. Mas a minha reação foi não esboçar nenhuma reação. Até que ele me perguntou se poderia sentar-se comigo, gesticulando desajeitado e apontando para a cadeira vazia na minha mesa. *Gelei.* Por instinto, fiz que "sim" com a cabeça. O meu raciocínio estava comprometido, mas pelo visto meus reflexos, não.

    — Quanto tempo. Como você está?

    — Sério que depois de tudo, de todo esse tempo, é assim que você quer começar essa conversa?

    — Calma. Não vamos começar da forma errada, por favor.

    — E qual seria a melhor forma, Diego? A gente fingir que nada aconteceu e que, ao nos reencontrarmos aqui, neste dia lindo e ensolarado, podemos almoçar juntos como bons amigos que somos?

— Alice, eu sei que você tem todos os motivos do mundo para me odiar. Mas me escuta, só isso que te peço.

Enquanto ele se deslocava da sua mesa para minha, pude notar que havia emagrecido. Estava com uma aparência mais saudável e bem-cuidada também. O tempo fez bem para ele, que havia deixado de lado as roupas casuais para adotar um estilo mais intelectual. Usava óculos de grau e tinha deixado a barba crescer. Seu cabelo castanho-escuro e olhos da mesma cor pareciam ainda mais realçados, talvez pelo novo estilo, que combinou perfeitamente com ele. As roupas eram de marca, e o corte, bem definido de alfaiataria, conferia ao seu corpo, impressionantemente delineado, um ar confiante e desafiador. E onde foi que ele tinha conseguido aquele bronzeado? Toda a minha segurança e sensação de superação a que precisei me apegar nos últimos anos me abandonaram em fração de segundos. *Ele ainda acabava comigo. E mesmo depois de tudo que passei, não conseguia odiá-lo.*

Como permaneci calada, ele continuou:

— Você não faz ideia de quantas vezes reproduzi essa conversa entre a gente na minha cabeça.

Nesse momento, cogitei me levantar e deixá-lo sozinho. Eu poderia não conseguir o odiar, mas ele me irritava com uma facilidade absurda. Minha cara de desaprovação o fez gaguejar, e eu o interrompi antes de concluir sua ladainha.

— Diego, me ajuda a te ajudar. Fui educada com você, mas não me faça me arrepender disso. O que você quer? O que está fazendo aqui do lado da empresa? Já sei, deixa que eu te ajudo, não precisa gaguejar. Se cansou da nova vida e resolveu que era a hora de retomar sua vida no Brasil? Veio pedir seu emprego de volta?

— Não é nada disso, não se levanta, por favor. Eu voltei pelos motivos certos. E calma, desde que caminhei até você, percebi que começou a alisar sua cicatriz. Sei que só faz isso quando está tensa ou com medo... Não quero te fazer mal algum, Alice.

Ele me conhecia e, em partes, eu ainda era previsível. Enquanto dizia a última frase com calma, Diego me olhava fixamente. Aquele era um olhar de súplica que eu desconhecia até então. Quantas facetas mais Diego apresentaria? A maneira cadenciada, que poderia ser interpretada como um pedido de paz, de trégua, em absolutamente nada lembrava o cara que havia me ignorado de forma impessoal nos últimos encontros e tentativas de contato.

Mantive a postura e, de fato, eu não fazia nenhum esforço para manter aquela conversa. Ele teve tempo suficiente para alimentar o abismo que nos separava, e que estava representado por aquela pequena, porém simbólica, mesa de dois lugares no restaurante. De forma consciente, resolvi desviar o olhar. Foquei em prender meu cabelo sem muito cuidado ou preocupação com o resultado. Com movimentos fortes, bruscos e descoordenados, a ideia era reforçar a mensagem de que eu estava insatisfeita e que definitivamente não ficaria ali por muito mais tempo.

— Mal? Ainda mais? Acho difícil, Diego. Depois de me abandonar sem no mínimo me dar uma explicação plausível. Depois de tudo que tive que passar sozinha, qualquer coisa que você faça não me atinge mais.

— Alice, me perdoa. Por tudo. Eu sei que você não entendeu nada lá atrás e que eu quebrei a confiança que você tinha em mim. Mas eu voltei para consertar as coisas.

— Consertar? Você bebeu, Diego? Achou mesmo que ia aparecer depois de um ano e que eu estaria aqui te esperando para corrigir os seus erros do passado? Sério... eu devo ter muito cara de otária mesmo, só pode.

— Você ainda vai entender por que eu fiz tudo aquilo. E esse dia não vai demorar a chegar.

Reconheci o desespero na sua voz. Ali, frente a frente outra vez, quem mendigava atenção, reciprocidade, era Diego. O que poderia ser um gatilho negativo, por eu já ter passado por aquilo, se tornou de certa forma um prazer. E por mais que eu estivesse me divertindo com o rumo que a conversa tomou, não estava mais interessada em ouvi-lo.

— Olha, essa conversa já deu. — Levantei. Ele logo se colocou de pé também, com uma rapidez que me bloqueou. — Te confesso que a única coisa que você conseguiu despertar em mim foi uma vontade enorme de nunca mais olhar para sua cara. Foi ótimo ter encontrado você hoje, serviu para me mostrar que você agora é um estranho. Mas é importante que saiba que eu também mudei, vai precisar de muito mais do que alguns argumentos misteriosos para me convencer de qualquer coisa. — Fiz questão de me aproximar ainda mais dele e o encarei bem nos olhos. A essa altura, as mesas vizinhas já estavam acompanhando nossa história. Não precisava ser nenhum especialista em relacionamentos para entender que ali havia de tudo: mágoas, erros, esperança e muito sentimento envolvido. — E em um ponto você acertou, não confio mais em você.

— Eu esperava por essa reação, por isso mesmo vou te provar que tudo pode ser diferente. Eu errei, sim, mas ainda posso ser o homem que você sempre esperou que eu fosse.

— Eu não espero mais nada de você há tempos, Diego. Mudar sua forma de se vestir e aparecer na minha frente dizendo que vai consertar as coisas não são o suficiente pra eu te perdoar. Para ser mais precisa, não existe nada que você possa fazer para mudar o que eu penso sobre você. Tira a mão da minha bolsa, as pessoas já estão olhando para nós. Me deixe sair daqui.

— Eu sei que isso não é verdade. Ainda te conheço, e seus olhos já confirmaram o que eu imaginava.

— O quê? Que ainda sou perdidamente apaixonada por você? Me poupe da sua arrogância.

Nesse momento eu já havia desistido de puxar a bolsa e praticamente a empurrei contra Diego com o máximo de força que consegui empregar a essa ação inesperada. Com o barulho da bolsa, que se chocou com o abdômen dele, percebi ainda que a minha voz já não podia mais ser abafada. Quis gritar, cerrei os dentes e travei a mandíbula. Estávamos tão concentrados um no outro que não observamos outro casal, que estava ao lado, trocar de lugar e reclamar sobre a situação com o garçom. Este, por sua vez, percebendo o clima tenso que já estava incomodando outros clientes, se aproximou de nós dois e sugeriu, educadamente, que finalizássemos aquela conversa em outro lugar.

— Não se preocupe, já terminamos por aqui — Diego garantiu ao garçom, sem desviar o olhar de mim, e finalmente me entregando a bolsa.

Aproveitei a escolta do garçom e acelerei o passo rumo à saída. Mas ele ainda me alcançou e segurou meu braço de forma ríspida na porta do local.

— Me escuta, Alice. Não se trata mais apenas do nosso sentimento, o que existe entre nós é muito maior e você também sabe disso. Depois de hoje, não tenho mais nenhuma dúvida de que você precisa saber a verdade. Por mais que me doa ter de admitir algumas coisas que fiz, não existe outro caminho. Tudo isso tem me consumido, dia após dia, tudo que eu fiz, o que aceitei. Esse tormento tem de ter fim; acredite, Alice, eu paguei um preço alto por meus erros.

Quem não conseguia se conter agora era Diego. Sua voz, pela primeira vez naquele encontro, havia se alterado. Mesmo que talvez de forma inconsciente, ele empostou a voz com o intuito de parecer mais convincente e seguro sobre tudo que estava dizendo.

— Olha que misterioso! Se tudo der errado, você pode começar a atuar também, quem não te conhece acreditaria em cada palavra que você disse. Mas me diz, se é que você pode, quando é que todo esse mistério será exposto? Preciso comprar uma roupa nova para esse grande evento repleto de revelações? Me solta agora senão vou gritar, e você sabe que não vai acabar bem para você se isso acontecer. — Eu não estava blefando e ele sabia disso.

Ele me soltou imediatamente, e eu voltei a caminhar sem olhar para trás. Com passos firmes, logo cheguei ao estacionamento que ficava ao lado e que pertencia ao restaurante. Antes de entrar no carro, mesmo de costas, deu para perceber que ele ainda estava parado em frente ao restaurante e que estávamos sendo observados pelos manobristas, que presenciaram todo o desenrolar da cena na parte externa do local. Diego continuava a gritar que resolveria tudo ainda naquela semana. Ele não parecia se importar com quem escutava seu desabafo em forma de monólogo. Pouco antes de fechar a porta do carro e finalmente silenciar aquela voz que me conduzia por lembranças que eu simplesmente queria apagar da memória, ainda o ouvi dizer:

— Vamos ficar bem, meu amor. Eu te prometo. Nem que seja a última coisa que eu faça. Sei que é pedir muito, mas confia em mim. Nem que seja pela última vez.

Entrei no carro e sequer ajustei o banco ou retrovisor, que foram mexidos pelo manobrista. Saí acelerada, sem respeitar a parada obrigatória na esquina da rua, que era um cruzamento, e, por sorte, não provoquei um acidente. Com o coração acelerado, só conseguia pensar que eu não suportava mais as mentiras dele. Suas promessas. Sua covardia. Estava bem sem ele, e prometi para mim mesma que faria de tudo para que não nos encontrássemos novamente. Diego não podia simplesmente voltar e mexer com toda a minha vida mais uma vez.

capítulo 13

— Mãe, mãe! Cadê você? — A entrada de Alice no apartamento quebrou o silêncio habitual do local. Enquanto caminhava gesticulando exageradamente, e às vezes até acelerando o passo para tentar encontrar a mãe, cruzou com duas funcionárias da casa e nem se deu conta, tamanha era a fixação em ver Adelaide.

— Nossa, que gritaria é essa, Alice? Controle-se! — Ao perceber a agitação da filha, que podia ser sentida até por quem não a conhecia direito, Adelaide se apressou em mostrar a ela que estava no escritório, e não no quarto. Alice desceu as escadas correndo.

— A última coisa que quero nesse momento é me controlar! Pelo menos uma vez na vida você precisa saber tudo que estou sentindo. Estou com tanta raiva de você... Como você pôde? — A raiva havia dominado Alice. Se Adelaide ou as funcionárias tinham alguma dúvida antes, ao vê-la se aproximar da mãe, o tom da sua voz e a forma como entrou no escritório não deixaram margem para questionamentos. Alice transbordava ira.

— Do que você está falando, menina? Pode parar com esse show. O que foi que você acha que eu fiz dessa vez? E fala rápido, porque tenho uma reunião importante daqui a pouco. — Adelaide conhecia a filha o suficiente para saber que, se conseguisse fingir que estava ignorando Alice, provavelmente ela continuaria puta da vida, mas iria chorar em seu quarto, e não enfrentaria a mãe. Então resolveu dar as costas para ela, que permanecia em pé, e sentou-se à sua mesa, se posicionando para continuar a trabalhar.

— Quero que se foda sua reunião, a empresa, você!

— Olha essa boca. Abaixa esse tom de voz, não vou pedir de novo. Quem você pensa que é para entrar na minha casa dessa forma e me agredir assim? Que descontrole, ainda bem que ninguém está te vendo desse jeito.

— Você sempre me usou, fez o que quis de mim. Como eu fui idiota! O que você fez com o Diego, mãe? Comigo? — Alice não conseguia ficar parada. Começou a andar pela sala, depois se abaixou subitamente com as mãos cobrindo o rosto. A porta permanecia aberta e uma das funcionárias, ao perceber o tom da briga, resolveu tentar servir um chá. Era o preferido dela. Toda a doçura e polidez de Alice haviam sumido. Ela praticamente empurrou a mulher ao se reerguer e a bandeja caiu no chão, assustando ela e a mãe, que entendeu que não adiantaria ignorá-la dessa vez. A mulher logo saiu da sala e Adelaide se levantou, ainda atrás da mesa.

— Não faço ideia do que você está falando. De qualquer forma, essa conversa fica para depois, preciso ir para a minha reunião. Não posso deixá-los esperando, é um assunto importante para nós.

— Importante para quem? Única e exclusivamente para você e para essa droga de empresa. Esse é o ponto, né? Você não dá a mínima para mim. Imagino o quanto essa reunião é mais importante do que eu, qualquer reunião banal é. O que foi que eu te fiz? Só me responde isso! Eu preciso saber por que você tem tanta raiva de mim!

— Nossa, eu definitivamente não estava esperando por essa cena hoje, mas vamos lá então, já que você não vai me deixar trabalhar em paz. Não, Alice, não é que você não seja importante para mim. É que não suporto essa sua perspectiva de pobre moça rejeitada, indefesa, vítima do mundo, faça-me o favor. Acorda, garota! Tudo o que eu sempre fiz foi te proteger, inclusive de você mesma, não percebe?

Adelaide ainda se mantinha fria, irritantemente controlada e previsível. Sua postura inabalável deixou Alice ainda mais descrente.

— Você é doente! — Alice gritou, com toda a sua força. Avançando rumo à mesa onde a mãe permanecia, ela ainda chutou a bandeja que estava no chão, fazendo ainda mais barulho.

— Doente ou não, quando você faz esse tipo de coisa, como entrar aqui descontrolada desse jeito, só me mostra que eu estava certa sobre suas fraquezas. Na verdade, eu deveria ter tido mais pulso firme com você. Te dei liberdade demais. Onde já se viu uma discussão desse nível? O que os vizinhos e os empregados vão pensar dessa sua postura? — Alice finalmente havia conseguido invadir a paz interior de Adelaide.

— Diferente de você, eu não estou nem um pouco preocupada com o que qualquer pessoa possa pensar! Dane-se todo esse condomínio cheio de frescura e cada um de seus moradores. Na verdade, todo mundo deveria saber que você é desumana. Não percebe, Adelaide? Tudo isso já foi longe demais. Chega, chega! A partir de hoje eu não quero mais nada que venha de você. Pode me deserdar como você já ameaçou fazer tantas vezes. Eu só quero… Eu só preciso ficar longe de você, dessa sua mente doentia. Parece que você tem prazer em ver as pessoas à sua volta sofrendo e se dedica especialmente a me fazer sofrer.

— Tem certeza de que prefere assim, Alice? Vai suportar? Sua boneca de porcelana mimada! — A arrogância, marca clássica de Adelaide, estava acompanhada de um desprezo que a filha conhecia bem. Cada palavra daquela já a havia ferido muito, mas agora não a machucava mais. Alice era veterana, podia não ser forte como a mãe, mas aprendera a criar suas próprias armaduras. Devolveu uma risada igualmente arrogante que abalou Adelaide, acertando em cheio a sua prepotência ameaçada. — Já que não sou mais sua mãe, também não te chamo mais de filha. Você não sabe nada sobre mim, sua ingrata, nem sabe tudo que quis te mostrar. Acha mesmo que me conhece?

— Essa é a única verdade nessa história inteira, eu não tenho a menor noção de quem você é. E não se preocupe, não vou me quebrar como uma boneca de porcelana, até porque não tem mais como, você já cuidou disso.

— Até agora você não me disse o motivo de tudo isso. Por que me ofender dessa forma, me tirar do sério, atrapalhar meu trabalho?

— Não se faça de cínica mais do que você já é.

— Preciso admitir, pelo menos essa história, esse seu namoradinho de merda, a fez sair da sua apatia. Nunca te vi assim antes — disse, batendo palmas e sorrindo descontroladamente.

— Como você consegue ser tão baixa? Tão desprezível?

— Sim, Alice. Eu já entendi que sou a causadora de todos os seus problemas, pobre vítima da própria mãe! Mais alguma coisa? Talvez uma reclamação por ter nascido em berço de ouro, por ser linda, perfeita, ter tudo o que qualquer pessoa gostaria na vida?

— Você não entende mesmo, né? É assustador. A propósito, eu sempre me cobrei tanto por não ter um jeito parecido com o seu, por não atender às suas expectativas. Mas agora vejo com clareza que o que me faltava era o melhor que podia me acontecer. Eu tenho nojo de você, de como você trata as pessoas, de como é suja e da sua falta de caráter. Ainda bem que não sou como você!

Até ouvir aquelas últimas palavras, Adelaide manteve-se razoavelmente equilibrada. Diferentemente de Alice, que já entrou gritando, tentou controlar a voz para não evidenciar sua intempestividade. Mas, de alguma forma, Alice tocou em seu calcanhar de Aquiles. A sobriedade e o autocontrole deram lugar a uma agressividade que a filha jamais tinha presenciado.

Adelaide avançou contra Alice, que apenas tentava se defender como podia dos tapas e socos que estava recebendo. Apesar do susto inicial, Alice não parecia mais surpresa com qualquer reação que pudesse vir da mulher que lhe deu à luz. Ainda assim, talvez pela força excessiva e agilidade dos golpes, Alice acabou se desequilibrando. E, ao tentar apoiar-se na mesa de madeira maciça do escritório, acabou caindo de costas no chão, praticamente embaixo da mesa. Nesse momento, recuou os braços, que se uniram às pernas e ficou encolhida, foi a forma que encontrou para tentar se esquivar da mãe e se proteger. Nessa altura da confusão, a bolsa de Alice e alguns objetos que estavam sobre a mesa acabaram se espalhando pelo chão, quando ela usou a bancada da mesa praticamente como um escudo. Nem o barulho de tudo caindo e o tombo de Alice serviram para frear Adelaide.

Sem dúvida, aquela foi a primeira vez que Alice a tinha visto daquela forma. O rosto e o cabelo vermelhos destacavam ainda mais os olhos azuis, que refletiam toda a sua indignação e revolta. Nos minutos que se passaram naquela sala, Alice não conseguiu pensar em muita coisa, mas chegou a cogitar sair de baixo da mesa e deixar que ela acabasse com sua vida de uma vez por todas. Assim, tudo terminaria logo. Mais por instinto do que por qualquer outra coisa, começou a gritar por socorro. O barulho da confusão, seguido do pedido de socorro de Alice, chamou a atenção das empregadas da casa. Elas haviam cruzado um limite sem volta. A pólvora cuidadosamente espalhada durante toda uma vida tinha sido acesa. Agora era uma questão de tempo para que o palácio de madeira podre sucumbisse às chamas.

Com medo de acontecer o pior, depois que Alice jogou o que parecia ser um livro de capa dura na direção da mãe e um objeto que servia de suporte para canetas feito de ferro, as duas empregadas, incluindo a mais antiga da casa, que havia ajudado a criar a menina, entraram no meio das duas, tentando apartar a briga. Enquanto uma tentava segurar e acalmar Adelaide levando-a para fora, a outra funcionária entrou no escritório para ajudar Alice a se levantar e a recolher as suas coisas. Elas enfiaram tudo na bolsa o mais rápido que conseguiram.

Alice concentrou-se em recuperar as forças para se colocar de pé, e o oxigênio voltou a invadir seus pulmões com força total. O que deu a ela a chance de encarar a mãe — que estava sendo segurada pelos braços — mais uma vez, com a confiança que lhe restava. Com a respiração ofegante e o corpo trêmulo, não tiraram os olhos uma da outra.

— Pode me soltar! Não vou fazer mais nada com essa covarde. Some daqui! Senão eu mesma acabo com essa sua vidinha medíocre que eu tive a infelicidade de gerar — Adelaide esbravejava, já na sala.

— Não precisa pedir duas vezes. Mas saiba que a partir de hoje eu não quero mais nenhum contato com você. Não me procure mais, suma da minha vida! Você sempre fez tanta questão de ficar sozinha, agora conseguiu. — Alice reforçou, passando por ela rumo à porta do apartamento.

— Prefiro mesmo ficar sozinha a ter pessoas ingratas como você ao meu lado. — Adelaide precisou ser contida de novo pela funcionária, que não saiu do seu lado. — Fiz tudo por você, Alice. E olha o que recebo em troca. Não se preocupe que quem não tem mais uma filha sou eu, você morreu para mim a partir de hoje. E eu tenho um recadinho também: a partir de agora, se vira! Vai ser bom ver a vida te ensinar tudo que eu tentei, vou assistir de camarote a cada derrota sua. E tomara, tomara mesmo, que você sofra muito para que assim, quem sabe, você consiga entender tudo de que abdicou, tudo que te dei de mão beijada. Você não precisava ser muita coisa na vida, só minha filha, e usufruir do que eu construí para você. Mas é tão incompetente, tão burra, que nem isso foi capaz de fazer.

A última reação de Alice antes de sair dali foi cuspir na cara da mãe, que, pega de surpresa, apenas se limitou a secar o rosto com a palma da mão e soltar um riso irônico, mais de satisfação do que de indignação.

Enquanto subia as escadas para chegar ao seu quarto, Adelaide pensava em como tudo aquilo poderia ser bom para a relação das duas no futuro. *Você ainda vai se arrepender por hoje e por tudo que me falou, Alice. Não existe escola melhor do que a vida para ensinar. E, quando voltar correndo para os meus braços, vou te acolher, porque você finalmente terá aprendido a lição. Mas terá que se ajoelhar, aqui mesmo, nessa sala, e me pedir perdão.*

Ainda no elevador, Alice desejou nunca mais ter que voltar àquela casa, onde havia passado boa parte da vida. *Você é um monstro, Adelaide Simon. E eu prometo que você nunca mais vai me controlar. Nunca mais.*

capítulo 14

23 de agosto de 2021
O Grito

Três semanas depois da nossa primeira reunião, o investigador Alexandre Ferreira me chamou para conversar. Durante esse intervalo de tempo, trocamos algumas mensagens e ele me atualizou em relação ao andamento do seu trabalho. Havíamos combinado que nos encontraríamos quando ele tivesse informações substanciais para me passar, e aquele era o momento. Pelo tom da sua voz e com o enigmático comentário "conversamos melhor pessoalmente", ficou evidente que ele não me adiantaria nada por telefone.

No final da semana anterior, recebi também uma mensagem do investigador oficial, o da polícia, dizendo que muito em breve teríamos os resultados de todos os exames e que, com isso, poderíamos provavelmente chegar a alguma conclusão e encerrar o caso.

Encerrar... como se isso fosse possível e simples assim.

Já familiarizada com o lugar, subi direto para o 14º andar e me dirigi diretamente ao escritório dele, sem aguardar na recepção. Até o momento que antecedeu minhas leves batidas na porta, eu não havia me dado conta de como estava inquieta. Talvez fosse aquele lugar. Talvez a investigação. Ou talvez eu fosse apenas uma mulher abalada que ainda precisava enfrentar encontros como aquele.

— Pode entrar, eu estava te esperando. Como você está, Alice?

Alexandre me recebeu e nos sentamos de frente um para o outro. Da outra vez que estive ali, não havia notado como a sala era espaçosa. Talvez eu estivesse mais confortável agora. Minha desenvoltura, com movimentos despretensiosos e naturais, e a forma como respondi ao investigador revelavam que eu estava em um dia bom, apesar da ansiedade. Posicionei a bolsa em pé na cadeira ao lado da minha e não precisei me esforçar muito para abrir um meio sorriso amistoso.

— Tudo bem, na medida do possível. Imagino que sua investigação tenha avançado. Temos novidades?

— Como sempre, direta. Vamos lá então, no seu ritmo. — Ele estalou os dedos, como se estivesse se preparando para começar um trabalho exaustivo. — Muitas novidades, por isso optei por te encontrar pessoalmente. Não sei como você vai encarar tudo que tenho para te falar. Confesso que a cada nova descoberta, a figura da sua mãe se torna ainda mais surpreendente para mim.

— Surpreendente é uma boa palavra para se referir a ela — comentei, com certa ironia na voz, enquanto me ajeitava na cadeira. Como eu havia imaginado, aquela provavelmente seria uma conversa longa.

— Bom, para começar, como você já deve ter percebido pelo pouco que adiantei, essas descobertas não são boas e podem te atingir de uma forma para a qual não acredito que esteja preparada neste momento.

— Alexandre, não se preocupe comigo. — Agora o tom da minha voz era de indignação. E me empertiguei com o intuito de demonstrar que estava segura e pronta, para o que quer que fosse. — Sei que às vezes posso passar essa imagem de uma mulher frágil, mas na verdade sou mais forte do que eu mesma poderia imaginar. De fato, este último mês está longe de ser o melhor da minha vida, mas pelo menos tem me mostrado o que eu precisava ver, saber. E não tenho a menor dúvida de que, para seguir em frente, de cabeça erguida, encarar os fatos é o primeiro passo para tomar as rédeas da minha vida. Coisa que eu já deveria ter feito há muitos anos. Portanto, repito a orientação que eu já havia dado, não me esconda nada, por favor.

 A postura convicta que adotei poderia impressionar muita gente, mas não Alexandre, que estava acostumado a lidar com pessoas que disfarçavam sua ansiedade de diferentes formas. Parei de tentar esboçar sorrisos forçados e mantive os braços retos, distantes um do outro para não dar a chance de acariciar a minha cicatriz no punho. Na tentativa de manter mente e corpo controlados, enquanto ouvia novas revelações sobre a vida secreta e perturbadora da minha mãe, direcionei minha tensão para os meus pés, que balançavam discretamente e estavam cruzados e estrategicamente posicionados embaixo da cadeira.

 — Ok, você é quem sabe. Vamos começar pelo que julgo ser mais simples no sentido emocional, mas é algo com que em breve você terá que lidar, de qualquer forma — ele continuou, voltando a se concentrar no estalar seco e breve dos dedos que ainda emitiam algum barulho. — Logo quando comecei a vasculhar a vida profissional da sua mãe, descobri rápido que ela colecionava inimizades no meio do agronegócio. E descobri que estava envolvida com negociações ilícitas que visavam beneficiar a empresa dela em concorrências para fechar contratos milionários.

 — Como eu já havia conversado com você em nosso primeiro encontro, em paralelo à sua investigação eu também andei fazendo minhas próprias descobertas, mas todas relacionadas a aspectos pessoais. Realmente não me importei, ou foquei, nessa parte dos negócios ainda. E, pelo jeito, esse poço parece cada vez mais fundo. Vou ter que lidar com mais coisas do que eu havia imaginado. Acho que preciso de uma água, por favor. Mas continue. — E apontei para os papéis espalhados pela mesa com o intuito de sinalizar para Alexandre que nada mais me abalava, mesmo que meu corpo fosse contra essa afirmação, pois meus pés começaram a ficar mais agitados e os braços, mais próximos.

 — Sinto muito, Alice. De fato, não é fácil ter que lidar com tantas informações, decisões e coisas ruins ao mesmo tempo. Embora seja preciso destacar que sua mãe era uma pessoa muito coerente.

Absolutamente tudo que descobri até o momento corrobora com uma imagem cada vez mais clara dela, como mãe e empresária. — Ele buscou meus olhos, que, neste momento, fiz questão de desviar. Não queria o encarar, ou, o mais provável, não queria encarar aquela situação.

— Pelo que parece, você já a conhece melhor do que muita gente. Mesmo sem nunca a ter visto. Interessante, investigador.

— Está me analisando, Alice?

— Não preciso. Mas certamente você é bom no que faz.

— Agradeço o elogio. A propósito, fiquei sabendo que conversou com o Marcelo a meu respeito. Acredito que deve ter feito pesquisas também, acertei?

— Acho que eu tinha o direito de saber com quem estava lidando.

— Você também parece se dedicar à arte de descobrir o que não é dito. Ficou satisfeita com o que soube ou com a conversa de vocês? Agora já sabe o que esperar de mim?

— Sabemos bem que principalmente o que não é dito revela mais do que muitas ações. Eu só queria ter certeza de que o investigador que fosse me auxiliar não mediria esforços para encontrar as respostas de que preciso.

— Digamos que eu sou bom em fazer as perguntas certas para as melhores pessoas.

— Entendi. Também não pedi discrição a ninguém, apenas queria saber como você iria conduzir o caso. Acho que estava no meu direito, não?

— Está no seu direito, sim, Alice. E não te assustou o fato de eu ter sido afastado da corporação por demonstrar o que eles consideram um perfil agressivo?

— Sinceramente? Não. O que eu preciso de você são respostas, e pouco me importa o que vai fazer para obtê-las. Minha mãe já está morta mesmo, você faria mal para quem? Duvido muito que nessa altura do campeonato você ou qualquer outra pessoa consiga me machucar.

— Gosto mesmo da sua objetividade. Postas as cartas na mesa, seguimos alinhados em relação às nossas expectativas.

Agora, sim, nos encarávamos, sem desviar o olhar e as intenções de ambos.

— Ótimo. Em relação ao primeiro ponto que você trouxe, minha mãe nunca escondeu de ninguém o quanto era fascinada por esse universo empresarial e fazia questão, sempre que podia, de mostrar a todos como ela era competente e sabia conduzir qualquer tipo de negociação. Eu só não imaginava que ela utilizava meios ilícitos para tal. Preciso me preocupar com questões legais? Algo ainda vai estourar?

— De acordo com os documentos a que tive acesso e as informações extraoficiais que consegui, ela utilizava, sim, do seu poder e nome no mercado, em todos os sentidos. As pessoas tinham medo dela, mas de certa forma também a admiravam. Isso fez com que, quando procuradas por Adelaide, não tivessem muita saída a não ser contribuir com o que ela estava propondo. E são muitas brechas que ela acabou deixando, claro que por não imaginar que iria morrer de forma prematura. Então, sim, devo alertá-la de que talvez a empresa precise acertar algumas contas com a justiça.

— Entendi. Bom, pelo menos dessa vez já estou sob alerta. Tudo isso mataria ela de infarto, se estivesse viva. Ver a sua reputação desabar junto com a empresa seria uma perda irreparável para ela.

— Devo concordar com você. Como eu mencionei, o perfil da sua mãe com base na personalidade dela é de uma transparência inquestionável. E nesse ponto em específico, o fato de ela ser quase sempre contrária às leis que não a contemplavam, a moral ou até mesmo à consciência e à ética reforça sua essência e ações.

— E como ela não foi pega? Se você em pouco tempo se deu conta disso, não é possível que ninguém tenha desconfiado em anos.

— Geralmente, investigações que se relacionam com poder e dinheiro são as mais difíceis de serem concluídas. Requerem mais do que disposição, mas também investimento e dedicação, tudo que falta em boa parte dos departamentos policiais. No final das contas, à medida que as mentiras e manipulações são evidenciadas, mais nomes de envolvidos aparecem também. O que na prática significa mais gente para atrapalhar o andamento e rumo das investigações. Só para você ter uma ideia, o Ministério da Agricultura divulgou uma estimativa para o próximo ano: a previsão em relação ao valor bruto da produção agropecuária em 2022 é que aumente 2,4% e chegue a um total de 1,227 trilhão de reais. Detalhe, tudo isso considerando o atual momento de crise mundial, luta dos países contra a inflação alta e expectativa quanto ao pós-pandemia.

— É, dá para entender por que tantas pessoas se envolvem nesses esquemas. Mas não consigo entender por que ela entrou nisso. Cansei de ouvir que a perspectiva a médio e longo prazo é que esses números alcançassem novos patamares históricos. Era só continuar trabalhando, fazendo sua parte de forma honesta. — Meu comentário sincero não passou despercebido por Alexandre. Ele sorriu com o canto da boca, como se já esperasse a minha breve análise.

— Essa é a sua visão, Alice. Não se esqueça de que ela se tornou uma referência em um setor dominado historicamente por homens e por famílias poderosas, cujos negócios atravessam gerações. Sendo realista, o jogo de poder nesse contexto acaba sendo tão importante quanto a grana. A não ser que a pessoa tenha princípios e valores muito fortes, e que seja lembrada diariamente deles, passa a ser relativamente fácil se envolver em trapaças, subornos, ameaças, e por aí vai.

— E ela foi até onde? Conseguiu descobrir?

Nesse momento, com toda a certeza, a postura que eu adotei no início já havia se desfeito por completo. Não consigo mensurar quantas vezes alisei a cicatriz ou quantas tentativas fiz para me ajeitar na cadeira confortável do escritório, tarefa que parecia a cada minuto mais impossível.

— É difícil precisar. — Na contramão da minha agitação, Alexandre deixou sua fala ainda mais cadenciada e procurou não me encarar tanto. — Mas conversei com alguns participantes que estavam presentes na Conferência esse ano, e todos foram unânimes em me relatar que sua mãe defendia um discurso ultrapassado, motivado por interesses econômicos, que visava a benefícios próprios e que pouco, ou nada, se importava com as questões ambientais ou legais, desde que seus negócios não fossem impedidos de acontecer.

— Definitivamente, ESG não era prioridade dela. Lembro que li também em alguns jornais que ela havia discutido com algumas pessoas nesse evento publicamente.

— Sim. Além das discussões no evento, a polícia ainda não concluiu suas investigações, mas soube por uma fonte confiável que no dia da morte, ela havia discutido por telefone também com um homem. Ele já foi identificado através do seu número, mas ainda não tive acesso aos detalhes destrinchados. O fato é que ela não estava naquela Conferência por mero acaso ou para acompanhar os índices do setor. Pelo que tudo indica, foi para tentar negociar propinas com alguns ativistas e empresários que estavam presentes, tudo para manter suas atividades ilegais e totalmente contra a preservação do meio ambiente, que inclusive era o tema do evento este ano. Veja, essas são as fotos de alguns deles. Os principais nomes, na verdade; conhece algum? — Ele me mostrou a página com as fotos específicas.

— Conheço todos, na verdade. O que me surpreende. Por alguns deles eu teria colocado a mão no fogo. Ainda acreditava que fossem honestos.

— Pelo que pude constatar, são poucos os que não trairiam a sua confiança. O esquema é muito bem montado. Eu e minha equipe dedicamos boa parte das nossas investigações para poder compreender tudo que estou te contando agora.

— No fundo, fico triste com tudo isso, sabia? Eu nunca achei que ela fosse a pessoa mais idônea do mundo, mas daí a negociar propina, fazer parte de esquemas de corrupção?... — *Onde vamos parar, mãe?* Com o meu desabafo, Alexandre preferiu focar no caso do que se arriscar a dar qualquer palpite ou me consolar.

— A soja é um dos principais produtos agrícolas brasileiros, e com as minhas pesquisas e os vídeos da Conferência, descobri que não é de hoje que o grande desafio de quem atua no setor é desenvolver esta cultura sem a perda da diversidade natural das regiões cultivadas. — Ele voltou à parte técnica da conversa.

— Sim, eu sei disso. Nos últimos anos vi minha mãe investir pesado em maquinário e tecnologia para levar a cultura para novas regiões. O que aumentou consideravelmente a produção e, pelo visto, a imprudência dela também.

— Na outra ponta, internamente, descobri que o conselho administrativo da empresa deve convocá-la nos próximos dias para algumas tomadas de decisão. Então, o ideal é que você se informe o máximo possível antes de enfrentá-los. Não sei quais são os seus planos quanto a isso, Alice, mas, como única herdeira, caberá a você ditar os rumos dos negócios de agora em diante e, quem sabe, consertar algumas coisas que sua mãe fez. Estão aqui todos os documentos que encontrei e informações que compilei sobre esse ponto.

— Confesso que, com tudo que tem acontecido, só passei na empresa duas ou três vezes neste meio-tempo. Não tive disposição nem cabeça para pensar no que fazer com tudo aquilo que ela construiu. — Involuntariamente, levei as mãos à cabeça e soltei um lento e relativamente alto suspiro.

— Imaginei mesmo. A boa notícia, se é que podemos encarar assim, é que sua mãe era muito esperta e sabia perfeitamente bem o que estava fazendo. A não ser que apareçam provas póstumas sobre suas ações, vocês poderão trabalhar a imagem da empresa por meio de um bom relações-públicas. Fazer acordos e prestar contas à justiça.

— Temos um time bom de advogados, acredito que eles possam resolver. Agradeço a sua preocupação, mais uma vez.

— Por fim, uma última consideração que acho válida. Se estiver disposta a assumir a empresa, terá que desenvolver a habilidade de se relacionar com esse meio e descobrir quem são seus aliados agora e com quem precisa se preocupar também. Ela sabia o que poderia ser feito e como burlar os sistemas e a fiscalização dos órgãos competentes. Leia tudo com calma depois, vai te ajudar a entender o cenário atual e, quem sabe, pode te ajudar a tomar as decisões necessárias.

— Deixa comigo, farei isso o quanto antes. O que mais tem para me dizer?

Nesse momento, minhas mãos já estavam cruzadas em cima da mesa, e meu corpo, inclinado em sua direção. A verdade é que eu já estava de saco cheio de ter que pensar no que fazer e em como reparar os erros dela, que afetavam tantas pessoas. Alexandre mais uma vez entendeu que era o momento de trocar de assunto se quisesse continuar prendendo minha atenção.

— Tem mais um assunto, bem delicado. Vou ser direto porque não existe outra forma de fazê-lo. Descobri que sua mãe teve um caso com... não sei como te dizer isso. Com seu ex-namorado, Diego, que era funcionário dela.

Minha pressão caiu visivelmente. Além de pálida, meus lábios ficaram instantaneamente ressecados. Precisei me apoiar nos braços da cadeira para continuar sentada e não deixar simplesmente o meu corpo escorregar mesa abaixo. Talvez minha intenção inconsciente fosse essa, me esconder, nem que fosse embaixo de uma mesa.

— Você está bem, Alice? — Alexandre deu a volta na mesa, retirou a bolsa que estava ocupando a segunda cadeira e sentou-se ao meu lado, já me entregando um copo com água.

— Tem mais alguma coisa que eu precise saber por ora? — consegui perguntar, ainda sem olhar para o lado, para ele, depois de recuperar o fôlego.

Alexandre me encarava sem saber ao certo o que fazer. Em alguns momentos, senti que ele me observava com pena, e mesmo de relance reconheci aquele tipo de olhar que eu recebia com mais frequência do que gostaria. Em outros, ele parecia se compadecer com a minha dor. Como investigador, era bem provável que já tivesse visto de tudo um pouco, e essa história certamente não era a mais absurda de todas, por mais peculiar que fosse.

Considerando seu cuidado com as palavras e atenção genuína, chegava a ser contraditório que ele tivesse sido condenado por sua agressividade. Com base nos contatos que tivemos, eu o classificaria como um homem sensato, prudente e até mesmo gentil. Enquanto ele estava ali servindo ao difícil trabalho de ser portador de más notícias, me lembrei do vídeo a que assisti. De fato, era contrastante. Como se existissem dois Alexandres. E o que estava sentado ao meu lado não lembrava o outro. Quando me dei conta de tudo que ele passou, consegui levantar a cabeça e olhar para o lado. Pensei ainda, em poucos segundos, em como as pessoas realmente usam máscaras sociais e criam seus próprios personagens o tempo todo. *Só não conseguem esconder por muito tempo o que há de mais incontrolável dentro delas.*

E mais uma vez ele respirou fundo e pareceu escolher as melhores palavras para dar continuidade à nossa conversa, já que, mesmo o encarando, permaneci calada, presa em meus devaneios.

— Mais duas. Mas, se preferir, podemos continuar em outro momento — pontuou. Ele estava tão perto que eu pude sentir o cheiro do seu perfume, e isso, de alguma forma, me fez ficar concentrada novamente na conversa.

— Não. Já me sinto melhor, podemos continuar — disse, agora o encarando; virei levemente a minha cadeira.

— Ok. Sua mãe tinha verdadeira obsessão por uma obra de arte, o quadro *O Grito*, do pintor norueguês Edvard Munch. — Ele retomou a sua concentração e linha de raciocínio.

— Sim, ela tinha uma réplica no seu escritório, em casa. Me recordo de que durante um tempo essa imagem foi inclusive descanso de tela nos aparelhos eletrônicos dela. Mas o que isso tem a ver com ela e com tudo que fez?

— É isso que estou focado em descobrir no momento. Estou longe de ser um admirador de obras de arte, mas, depois que vi como esse quadro estava presente na vida da sua mãe, resolvi me aprofundar e até conversei com um especialista para entender melhor como tudo poderia se encaixar.

— E conseguiu entender alguma coisa? Existe, de fato, alguma associação possível?

— No geral, o que se escuta no mundo das artes é que a obra de Munch é densa e foi criada para dar voz a temas como a solidão, a melancolia, a ansiedade e o medo. Claro que, em um primeiro momento, do próprio pintor.

— Assim como você, nunca me interessei por pinturas, mas todas as vezes que eu via esse quadro, fosse na tela do computador dela ou em casa no escritório, me vinha essa sensação estranha de desespero mesmo. Mas não acredito que para minha mãe significasse algo nesse sentido.

— Preciso discordar de você neste ponto, Alice. Mesmo as pessoas que aparentam ser as mais fortes e inabaláveis têm seus momentos de angústia e ansiedade.

— Pode até ser, mas nenhuma dessas características combina com ela. É engraçado como algumas lembranças estão voltando à minha mente nesses últimos dias. Falando sobre esse quadro agora, me recordo também que, antes desse, ela manteve por anos um autorretrato bem na sala de casa. Nem para esconder no seu escritório. Acho que, no fundo, ela queria que eu desse de cara todos os dias com toda aquela imponência em forma de arte. Afinal, quase ninguém ia nos visitar. Ela só tirou depois que criou essa fixação por esse quadro, *O Grito*.

— Mais um motivo para eu questionar se essas características a que você se referiu realmente não combinam com ela ou com a imagem que você criou dela. — Como permaneci calada, aparentemente refletindo sobre o que acabara de ouvir, ele continuou: — Algumas pessoas com quem conversei me disseram que com frequência sua mãe tinha crises nervosas e até mesmo pesadelos. Já há algum tempo ela não dormia bem, fato que foi confirmado por uma das empregadas mais antigas da casa, que me mostrou, inclusive, alguns remédios que ela tomava. Você sabia disso?

— Não. Que tipo de remédios?

— Ansiolíticos no geral, mas encontrei ainda um antidepressivo que só pode ser vendido com prescrição médica. O que indica que ela estava buscando ajuda ou pelo menos se consultou com um psiquiatra para conseguir as receitas.

— Talvez, não. Para quem oferecia propina para empresários, fiscais e sabe-se lá para quem mais, forjar uma receita seria como tirar bala de uma criança. — Alexandre pareceu surpreso com minha observação, e pude notar um certo sorriso de canto em seus lábios, que indicava que ele estava percebendo que eu não era tão ingênua como aparentava ser.

— Seguimos a mesma linha de raciocínio. Tanto que fui atrás do médico para constatar a veracidade da receita que tinha seu carimbo e registro do CRM. E era verdadeira, sim. Consegui conversar um pouco com ele, que por uma questão de ética profissional não me forneceu muitas informações relevantes. Mas afirmou que a tinha recebido para três ou quatro consultas.

Tudo que tinha acabado de ouvir realmente não ia ao encontro, como sugeriu Alexandre, da imagem que eu havia criado dela. Crises de ansiedade, pesadelos, insônias, busca por ajuda. A estranha que eu chamava de mãe tinha mais problemas do que eu sabia ou que Adelaide se permitia mostrar. *Como chegamos neste ponto? Quando foi que esse abismo se estabeleceu entre nós, mesmo morando na mesma casa e nos falando todos os dias?*

— Também, com tudo que ela fez, seria estranho mesmo ela dormir em paz. — A frase saiu da minha boca sem pensar.

— No fundo, Alice, sua mãe era uma pessoa solitária e sabia disso. Acredito que ela gostava tanto desse quadro porque, de alguma forma, aquela imagem era capaz de refletir seu próprio desespero. Foi apenas uma troca de autorretratos.

— Eu nunca tinha pensado dessa forma, e confesso que é bem difícil vê-la assim.

— Perceba que as formas distorcidas, a mescla de cores contrastantes e a expressão do personagem revelam a dor e as dificuldades na vida, resultando em um grito como manifestação das emoções. Sua mãe pouco se mostrava para as pessoas à sua volta, mas, pelo que tudo indica, gritava incessantemente por dentro.

— E como é que você tem tanta certeza sobre tudo isso? Desse conflito interior que parece ter certeza de que ela sofria?

— Então, este é o segundo ponto e último que eu queria comentar com você. Posso afirmar com certa propriedade tudo isso que acabei de dizer porque Adelaide tinha um diário, e eu encontrei algumas folhas avulsas na lixeira que foram descartadas por ela, mas que deixavam claro esses indícios. A empregada que permitiu minha visita, seguindo as suas ordens, Alice, me disse que não entrava ali para limpar o escritório já havia um tempo, e que a última vez teria sido alguns dias antes do assassinato da patroa. Logo, examinei tudo com muito cuidado e encontrei este material precioso. A lixeira do escritório estava relativamente cheia, e dentre outros papéis insignificantes encontrei esses. — Ele se levantou para dar a volta na mesa e mostrar algumas folhas avulsas devidamente alinhadas que já estavam posicionadas na mesa.

— Além desses indícios, encontrou algo mais que possa ser relevante na casa dela? — perguntei. E tentei ler algo nas folhas avulsas, mas desisti para não perder o foco.

— Infelizmente, não. Imagino que até pelo fato de ela ter descartado as folhas, que não passavam de um emaranhado de frases soltas, pensamentos inacabados. Na verdade, esse material só me ajudou a ter certeza sobre a instabilidade emocional dela. Mas confesso que, desde então, meu instinto de investigador me diz que nesse diário devem estar as informações que precisamos para encontrar as respostas que você anseia.

— E você sabe onde ou com quem está esse diário?

— Ainda não, mas vou descobrir.

— Bom, vou deixar você voltar ao trabalho. Pelo visto ainda temos muito o que desvendar. Qualquer novidade você me avisa, por favor.

— Combinado. Só uma última pergunta… — Ele parou de pé na minha frente, enquanto eu pegava minha bolsa e me preparava para sair dali.

— Pode falar.

— Quando comentei sobre a traição dela com Diego, você não fez nenhum comentário ou quis aprofundar o assunto. Posso perguntar por quê?
— Porque eu já sabia.

segunda parte

*O mundo é um lugar perigoso de se viver,
não por causa daqueles que fazem o mal,
mas sim por causa daqueles que
observam e deixam o mal acontecer.*

Albert Einstein

segunda parte

capítulo 15

O diário de Adelaide Simon
13 de janeiro de 2011

É engraçado refletir sobre como eu sempre relutei para começar a escrever um diário. Este caderno em minhas mãos talvez seja o segundo ou terceiro que comprei com esta finalidade. Bom, pelo menos agora comecei. Se vou conseguir registrar tudo aqui e ser totalmente sincera, vamos descobrir. Acho que é mais difícil ser sincera com a gente mesmo do que com os outros. Vou tentar manter a periodicidade. E, para começar a exercitar meu lado sincero, me assusta o fato de poder ser totalmente verdadeira. Aqui não preciso mentir para ninguém, me preparar para a conversa nem me preocupar com o que falar e com quem falar.

Seria muito estranho tratá-lo, querido diário, como um amigo que nunca tive? Já vivi o suficiente para saber que pessoas não são confiáveis. Nenhuma. Por mais devotas que sejam em algum momento — quando aparecem as oportunidades ou o arrependimento —, as mesmas pessoas usam o que sabem sobre você a favor dos interesses delas. No final das contas, a vida é um grande e bizarro jogo em que todos nós somos movidos por interesses. Uns apenas têm mais coragem para ir atrás dos seus objetivos do que outros, e não sei qual das duas espécies é a mais perigosa. Aqueles de quem todos sabem o que esperar ou os que agem como bonzinhos e, no final, surpreendem quando resolvem assumir seus interesses. Essa é a diferença crucial entre as pessoas.

A propósito, meu querido — vou chamá-lo assim —, é mais fácil para mim de alguma forma personificar nosso contato do que aceitar que estou aqui escrevendo e falando sozinha, mesmo porque você pode me trair em algum momento. Espero que ninguém leia esses devaneios. Como aqui posso falar o que eu quiser sem ter que pensar muito, preciso cuidar de você para que jamais caia em mãos erradas.

Hoje, vou te contar sobre minha filha, Alice. Provavelmente, você vai escutar muito sobre ela, afinal ela tem sido a fonte de boa parte das minhas preocupações. Para ser mais exata, desde que a peguei em meus braços pela primeira vez, meus interesses particulares giram em torno dela. Acho que você não vai julgar minha conduta como mãe, certo?

O fato é que me preocupo com ela, faço o melhor para ela. É isso que mães fazem, e acho que sou uma boa mãe em vários aspectos. Ela acabou de completar seus 15 anos e ainda parece estar muito perdida. Nessa idade eu já sabia o que queria, corria atrás de tudo que precisava para sobreviver. Sim, eu era uma jovem forte. Não tive tempo para "ver o que eu queria da vida".

É estranho como essa juventude quer testar tudo, experimentar, como se as escolhas mais importantes da vida fossem, de fato, uma vitrine colorida repleta de doces e bolos que, caso reprovados, seriam apenas descartados, dando vez ao próximo pedaço e escolha. Ora, como se cada escolha e, principalmente, cada omissão não fossem cobradas lá na frente! A vida passa muito rápido para você não saber o que quer dela, o nome disso é inconsequência.

No fundo, acho que tenho um medo tremendo da minha única filha ser uma dessas pessoas que têm tudo na vida e, no final das contas, se tornar a pobre menina rica que não faz nada admirável com a própria existência. Alice é linda, muito parecida fisicamente comigo. Mas seu jeito de agir, de falar sobre o mundo à sua volta, infelizmente lembra e muito aquele lesado do pai dela.

É isso, falando com você agora, meu querido, percebi que talvez esse seja o meu maior medo. Que Alice seja mais parecida com ele do que comigo, o que seria uma verdadeira catástrofe. Eu já tirei aquele imprestável das nossas vidas porque em nada ele acrescentava. Agora ela... Pelo visto não vão faltar assuntos entre nós, nem reflexões compartilhadas, o que parece ser bom porque já me sinto de certa forma aliviada de ter falado isso para você. Nunca disse isso para ninguém.

Algumas pessoas já me disseram que sou muito dura com ela, mas, se eu não for, quem vai ser? O mundo lá fora é cruel, aqui dentro ela tem tudo que precisa para se tornar a mulher que deve ser. As pessoas precisam respeitá-la, não gosto muito dessa imagem frágil que eu sei que todos têm dela. E eu realmente espero que, por trás daquela doçura toda, em breve ela possa aprender a ser mais confiante. As pessoas percebem essas coisas, e ela precisa aprender a ser fortaleza, não uma boneca de cristal.

Voltando aos adolescentes de hoje, até acho que faz sentido uma matéria que li recentemente. Essa fragilidade toda e excesso de pensamentos e reflexões são o problema dessa geração. Ideologias fracas nunca vão formar bons combatentes. Talvez esse seja o maior problema de quem recebe tudo de mão beijada. Mas ela é minha filha, deveria ser diferente, de qualquer forma, tem o exemplo dentro de casa.

Às vezes, a sensação que tenho é a de que ela pode ter sido trocada na maternidade, não é possível. Se não fosse minha cara cuspida e escarrada, eu já teria feito um exame de DNA, sem dúvida alguma. Vou fazer o que posso para mudar isso, pois Alice em nada se parece com as mulheres da nossa família. Ou pode ter sido a contribuição do DNA fraco do pai dela, aquele bosta. É, pensando bem... eu realmente deveria ter escolhido melhor o pai, nesse ponto eu realmente errei.

Que interessante, olhei agora para o relógio e já estou há mais de uma hora aqui com você, meu querido. Gostei dessa experiência. Poder colocar em palavras tudo que preciso esconder aqui dentro realmente parece libertador, de alguma forma.

Acho que funciona mesmo essa coisa de escrever, pelo menos para isso aquele psiquiatra serviu. Também, cada consulta naquele preço... era uma obrigação ele dar boas dicas. É claro que não vou continuar com a terapia, só fui por curiosidade mesmo, já que está na moda. Fica até feio dizer em uma roda de conversa que você não tem um terapeuta ou que não fez a sessão da semana. Em que mundo estamos vivendo, onde outra pessoa te diz o que fazer com sua própria vida? Um bando de medrosos que preferem terceirizar suas decisões. Mas, sendo justa, como sempre busco ser, preciso dizer que os remédios que o psiquiatra me passou são ótimos, me ajudam a dormir melhor. Talvez eu frequente esporadicamente só para atualizar minha receita. Se eu continuasse, seria fraca como os demais. Não preciso de ajuda e muito menos teria confiança de me abrir totalmente para outra pessoa. Esse papinho de ética profissional, confidencialidade, duvido. Todo mundo tem seu preço e, como eu disse, pessoas são confiáveis quando são convenientes para elas.

    Entende agora por que você, meu querido, não pode cair em mãos erradas? Embora seja um fato também que chega a ser engraçado e tentador flertar com a sorte e não ser descoberta. Afinal, todos temos nossos segredos, certo? E eu pretendo manter os meus bem guardados. Até o nosso próximo encontro.

15 de março de 2012

Sei que já tem um tempo que não escrevo aqui, talvez nesses últimos meses essa seja a terceira ou a quarta vez. A vida não tem sido fácil. Por que somos cercados de pessoas tão estúpidas? Agora tudo gira em torno de preservar o meio ambiente e blá-blá-blá. Hipocrisia! No fundo, o que todos buscam e querem mesmo é o dinheiro, o lucro. E já viu conseguir dinheiro de verdade sendo honesto neste país?

    Estamos em pleno 2012, crise econômica e o aumento do desemprego na Europa, daqui a pouco, em novembro, teremos uma provável reeleição nos EUA do Barack Obama, que vamos ter que engolir. Enfim, o mundo está um caos e tudo não passa de um grande teatro. Cada um tem

O veneno do caracol

seu papel definido e precisa cumpri-lo, só isso. Ninguém precisa tentar reinventar a roda, só seguir o fluxo natural da vida. Mas, vez ou outra, aparecem essas pessoas que se dizem donas da moral e da ética, desde quando moral enche barriga? É fácil ser um idealista quando não se tem que arcar com as consequências dos seus atos, enquanto eles brincam, a gente precisa limpar a bagunça depois.

Também estou cansada de ter que lidar com esses falsos moralistas de merda. São os piores. Além de não terem coragem de fazer o que precisa ser feito, ainda aceitam dinheiro para ficarem calados e me ajudarem. E será que eles acreditam mesmo que são pessoas melhores do que eu simplesmente porque não estão à frente da operação? No final, meu querido, é de novo a velha e boa questão dos líderes e dos liderados. Algumas pessoas, como eu, nasceram para serem seguidas, obedecidas. Outras, para calar suas bocas ou fazer vista grossa. Cada peça em seu devido lugar, é assim que deve ser.

Quase fui pega essa semana. Preciso tomar mais cuidado, às vezes sinto que minha ansiedade está me matando. Quero resolver tudo logo e do meu jeito, mas não posso me esquecer de que a vida é um jogo de xadrez, e eu preciso movimentar as peças com bastante cautela e precisão. Nessa altura do campeonato e dos negócios, qualquer erro seria fatal. É um trabalho incessante para manter a imagem que construí.

Talvez eu comece a tomar aquele remédio para dormir de novo. Mas ele me deixa meio aérea, sem muita reação. Tudo de que eu não gosto. Essa semana ainda vou ter que bater de frente com os acionistas e a diretoria para comprarmos aquelas terras que fazem parte de uma área preservada. Vou ter que dar um jeito, porque para a empresa crescer precisamos delas. Não adianta investir apenas em tecnologia, preciso de mais espaço para aumentar a produção.

Direito ambiental, como eles gostam de dar nomes a essas frentes pouco significativas. Não me importa se é uma Área de Preservação Permanente, essas proteções só limitam o uso correto para o desenvolvimento, eles não percebem? Quero ver alguém me obrigar a preservar a vegetação nativa, recursos hídricos, paisagem, estabilidade geológica e a biodiversidade. Depois que eu comprar, faço o que eu quiser com aquelas terras, ninguém vai me impedir. Não adianta tentarem frear o desenvolvimento, esta é a herança que vamos deixar, pessoas conscientes que lutam para construir bons negócios nesse país.

Melhor realmente não tomar nenhum remédio por enquanto, preciso estar mais ligada que nunca. De apática e sem sal já basta minha filha, que facilmente entraria para esse grupo aí dos sem-noção da realidade. Será que um dia Alice vai se tornar a mulher que eu espero que ela seja?

Antes eu achava que era a pouca idade ou que eu a havia estragado com a vida boa que ela sempre teve. Mas, considerando as últimas conversas que tivemos, comecei a ficar preocupada de verdade. Ela parece ter aversão à empresa, como que pode? Qual parte ela não entendeu de que vai me suceder um dia? Tudo que estou construindo, dia após dia, é para nós... é para ela. Espero que em breve ela recobre ou encontre o juízo que lhe falta e se torne a aliada que preciso ter. Sempre fomos nós duas contra o mundo. Daqui a pouco vai escolher a faculdade, depois que eu resolver essas pendências na empresa vou focar nisso. Preciso mostrar o que ela precisa fazer. Ela ainda é muito nova, um dia vai entender tudo que eu fiz por ela. Sabe, querido, que, enquanto termino de tomar esse uísque, tornou-se inevitável minha gargalhada! Eu nunca permitiria, claro, mas seria a cara da Alice se tornar uma ativista, só para me afrontar!

A verdade é que eu não suportaria a decepção de não poder contar com ela para tocar os negócios da família, que eu construí sozinha. A minha vida é essa empresa. Se isso acontecer, tudo que eu fiz até hoje terá sido em vão. Espero que ela entenda isso e assuma as suas responsabilidades o quanto antes. O mundo das maravilhas só existe no livro, minha filha. Na vida real, ou você engole ou será engolida.

23 de dezembro de 2014

Estou cansada de ter que fazer tudo! Às vésperas do Natal, eu não tenho motivos para comemorar. Para cada problema que resolvo, aparecem dois novos. A colheita este ano deixou a desejar e os investidores estão cada dia mais descontentes comigo. Como se a culpa fosse minha. Por isso eu digo que no final todos esses devoradores de almas só buscam o lucro, querem se tornar mais e mais ricos a cada dia. Por que os defensores da humanidade, do meio ambiente, não vão contra esses predadores? Eles estão aí, em todas as partes, ocupando cada vez mais espaços. Porque no fundo, também fazem parte desse sistema corrupto e avassalador. No final, o mais forte sempre irá vencer, não é mesmo? Sempre.

Sem contar que agora tenho de lidar com aquele projeto de homem que parece ter se fortalecido nos bastidores. Nossas últimas conversas não me agradaram nem um pouco. Entendi bem seu tom de ameaça, e preciso ficar alerta. Eu não percebi que ele já estava sabendo demais, e isso sempre vai ser perigoso. Vou precisar colocar mais dinheiro na conta daquele imbecil.

A ganância e a arrogância são excelentes acompanhantes para quem vai cavando sua própria cova sem perceber. Posso acelerar esse processo de enterro, claro. Como o ditado diz, mantenha os amigos sempre perto de você e os inimigos mais perto ainda. Posso não ter percebido a ascensão dele, as movimentações sutis daquele traíra, mas, se ele acha que essas articulações vão me derrubar, vou mostrar a ele e a seus seguidores com quem mexeram.

E o pior de tudo, meu querido, sabe o que é? A única pessoa que poderia fazer algo por mim está de férias na praia porque precisava refletir sobre que rumo dar à sua vida. Refletir é o caralho! Quem a Alice acha que é? Não sei por que ainda espero algo dela, sinceramente. Estou eu aqui de novo, neste escritório enorme de um apartamento cujos cômodos nem conheço por completo, sozinha. Pra que tudo isso no final das contas? Só eu entendo a importância de tudo que está acontecendo à nossa volta? Ela acabou de concluir o ensino médio e veio com esse papo de ano sabático. Sério, não sei mais o que fazer com ela. Já discutimos tantas vezes, já ameacei cortar sua mesada, disse que só pagaria uma faculdade de verdade, que fosse ajudá-la a se tornar uma executiva mais preparada, e nada surtiu efeito. Tudo que vem dela é indiferença. É esse o retorno que mereço depois de tudo?

Quando ela se cala e apenas me olha com aquela cara de assustada, aquela apatia característica que beira o desinteresse por tudo, fico ainda mais puta da vida! É uma inércia que passa pela negligência. Preciso encontrar alguém que esteja à altura de me substituir um dia. Que seja capaz de lidar com toda essa pressão e responsabilidades, não vou conseguir manter minha postura por muito tempo. Para minha desilusão, a cada dia que passa tenho mais certeza de que Alice não será minha herdeira. É sangue do meu sangue, mas eu juro que se ela mantiver essa postura não deixo nada para ela! Ela precisa merecer e só me dá desgosto.

Que tristeza. Só de pensar que o esforço de uma vida inteira vai se perder, me embrulha o estômago. Quem é que vai se lembrar de Adelaide Simon depois que meia dúzia de diretores acabarem com a empresa que eu construí com suor e sangue?

De novo, meu querido, eu te pergunto: será que valeu a pena tudo que fiz? Às vezes, acho que paguei um preço alto demais. Bem, chega de baboseira, acho que essas datas comemorativas acabam deixando a gente mais sensível que o habitual, ou pode ter sido essa garrafa de vodca vazia na minha frente. De qualquer forma, não dá para voltar atrás e mudar o passado, então tenho que me concentrar em resolver como serão as coisas no futuro próximo.

No fundo, foi até bom ela não estar aqui esse ano. Assim, evita aquela chatice de jantar de Natal em família. Ainda hoje Alice insiste em ver os avós, os tios com quem ela nem convive. Sei que são meus pais e irmãos, mas qual é a lógica disso? Ficamos o ano todo sem trocar uma palavra com esse povo, para fingir ser uma família feliz e unida um único dia? Não é de hoje que a gente se suporta, então eu só tomei a decisão que ninguém teve coragem de tomar e nos afastamos.

Sempre soube que eles vinham pela comida e bebida de graça, para aproveitar essa casa cheia de luxo e conforto. Coisa a que eles nunca terão acesso porque, em suas cabeças limitadas, ganhar dinheiro é errado. Eu quero mais, quero muito mais. Sempre me relacionei bem com o poder e com tudo que o dinheiro pode comprar. Pensando bem, eles realmente não saberiam o que fazer com um império desses.

E observei também que pela primeira vez ela não perguntou nada sobre o pai nem esperou ele chegar de surpresa ou algo do tipo. Isso também é bom, pelo menos essa parte da história dela parece estar resolvida, finalmente.

Estou exausta. Mas, diferentemente das pessoas que se dão ao luxo de tirar um período sabático, preciso me recompor rápido, afinal um novo ano está para começar e as metas e indicadores precisam ser superados. Aliás, Alice, esse também deveria ser um objetivo seu. Se tornar melhor, ano após ano, conquistar novas vitórias para se orgulhar de você mesma.

Alguns drinks depois e muitas palavras escritas, posso responder à pergunta que fiz para você, meu querido. Valeu a pena, sim; o pior fracasso de todos deve ser não ter feito nada memorável nessa porra de vida. Um brinde ao sucesso e aos novos recordes que vou bater no próximo ano! Nem aquele imbecil, nem ninguém, vai conseguir prejudicar os meus planos.

17 de maio de 2015

Nossas brigas estão se tornando cada dia mais intensas. Talvez hoje eu tenha passado do limite. Percebo que não conseguimos mais conversar ou jantar em paz nessa casa. Concordei com o fato de ela não fazer faculdade por enquanto, e ela se comprometeu a me acompanhar alguns dias para entender como funciona a empresa.

Estou experimentando um cansaço diferente. Fiz um esforço tremendo para sair da cama esses últimos dias. Não tenho nem muito ânimo para escrever hoje.

Eu errei tanto assim com Alice? Será que sou esse monstro que ela tem dito? Essa é a pergunta que não sai da minha cabeça.

Como ela pode ser tão diferente de mim? É difícil admitir, mas talvez isso não seja tão ruim assim. Pelo menos ela está conseguindo me confrontar agora, mesmo que no fim minha vontade prevaleça, afinal eu sei o que é melhor para ela. É bom vê-la lutar por algo em que acredita ser o melhor.

Não sei de mais nada. E sinceramente? Nem quero pensar muito sobre tudo isso e o rumo que as coisas estão tomando.

23 de julho de 2016

Preciso levar Alice a um médico. Embora ela seja resistente à ideia e diga que está tudo bem, tenho notado que ela está cada dia mais magra e pálida que o normal. Posso ser ocupada, mas não sou cega, muito menos burra. Sei que nos últimos tempos temos nos distanciado cada dia mais, e são poucas as refeições que fazemos juntas. Mas, quando isso acontece, percebo que ela praticamente não tem tocado na comida.

Conversei com a cozinheira hoje, o que me deixou um pouco mais tranquila. Ela me disse que Alice tem pedido muita comida para levar para o quarto, menos mal. Ainda assim, pensando bem, como ela pode estar comendo grandes quantidades e emagrecendo desse jeito? Pode ser alguma doença, era só o que me faltava mesmo.

Estava pensando aqui, se ela realmente não quiser que eu a acompanhe, pelo menos vou marcar o médico. Vou aproveitar e marcar para mim também, nem me lembro de qual foi a última consulta a que fui e muito menos dos exames. Sei que estou bem, mas vou incentivá-la a ir se eu for também. Liderança pelo exemplo, não é isso que todos esses coaches motivacionais dizem?

10 de setembro de 2016

Cá estamos nós, meu querido. Você tem sido meu melhor amigo e um confidente excepcional. Sabe, ultimamente tenho pensado bastante em qual tipo de mãe eu sou. Engraçado, depois que Alice me jogou na cara que eu era distante, que eu a estava afastando cada vez mais e que eu não precisava fazer com ela o que minha mãe fez comigo, fiquei realmente pensativa.

Minha mãe sempre foi durona, mas certeira em tudo. De fato, não recebi muito carinho dela ou do meu pai, mas sei que eles criaram os nove filhos para serem pessoas fortes, para viverem nesse mundo louco. Deram o que cada um podia dar, ambos eram sobreviventes e nós sabíamos disso. Então, não tinha o que esperar, entende?

E eu sempre achei que carinho é muito relativo. Você não precisa ficar abraçando a pessoa toda hora ou dizendo "eu te amo" para demonstrar seu afeto. É claro que eu me preocupo com Alice, ela é tudo para mim, e acho que ela sabe disso. Ou não, considerando suas alegações. Será que ela realmente acha que eu não me importo com ela? Como isso é possível? Em qual momento nossa comunicação falhou dessa forma?

Posso não ser a pessoa mais carinhosa do mundo, eu sei. Mas sempre dei tudo que ela queria e precisava. Existe forma mais contundente e clara de dizer "estou aqui para você"?

Talvez eu devesse falar tudo isso para ela. Colocando aqui no papel, notei que nunca tivemos uma conversa assim. Aliás, nossas tentativas se tornaram frustrantes. Tudo se resume a uma troca incessante de ofensas.

Melhor eu nem tentar. A maturidade vai mostrar para ela tudo que eu fiz. Assim como eu percebi que meus pais não falharam miseravelmente conosco, como muitas pessoas de fora podem achar, acho que não estou falhando com Alice. Tudo é perspectiva, principalmente quando se trata da criação de filhos, e espero que um dia ela consiga enxergar o mundo através da minha ótica.

18 de agosto de 2019

Alice está mudando, mas ela acha que eu não tenho percebido. Ela nunca foi lá muito vaidosa, tem se arrumado mais, chegou a marcar salão sozinha, comprou roupas e só anda perfumada. Passou, inclusive, a me ajudar na empresa. Como eu não perceberia tudo isso?

Por ora, esse assunto fica em segundo plano. São tantas questões com que lidar ao mesmo tempo... Se eu não conseguir a maioria dos votos, em breve saio da presidência da empresa. Aquele bando de ingratos... acham que vão me derrotar e escolher alguém mais capacitado que eu. Como se isso fosse possível. Quem seria capaz de dar a vida por aquela empresa como eu sempre fiz?

Mas eu tenho cartas na manga, como tenho! Cada um dos diretores têm seus próprios segredos, seus medos. Caso insistam na ideia ridícula de renovar a missão da empresa através da visão de um novo CEO e implantar uma nova cultura organizacional mais alinhada com as mudanças do mercado, vou ter que me valer de trunfos que estão bem guardados. Não achei que teria que os usar tão cedo, mas, se for necessário, vai cair um por um.

E é claro que Alice não poderia ter escolhido um período melhor. Em meio a tudo isso, resolve ter um namorado, como se não fosse suficiente ela ter saído de casa. É engraçado pensar assim, mas as duas coisas que me fazem continuar viva só me dão trabalho e frustração. Não sei quem é pior, Alice ou a empresa.

Ela ainda não me disse nada. Depois de observar suas mudanças recentes, tive que recorrer à tecnologia para obter as respostas de que precisava. E eu estou só observando a movimentação dos dois. Será que ela achou mesmo que eu não ia descobrir? O que não faltam são câmeras em todas as áreas do prédio. Sem contar os olhos e ouvidos que tenho espalhados em todos os andares. Se engana, e muito, quem acha que eu não sei de absolutamente tudo que acontece ali dentro.

Por outro lado, é até divertido acompanhar os encontros furtivos dos dois em qualquer intervalo do expediente. Os hormônios da juventude realmente são incontroláveis. O controle do nosso desejo e do nosso corpo são bônus que a idade nos dá por levar nossa pele sem rugas e deixar marcas que nos lembram de que o tempo está passando.

Embora a motivação não tenha sido a ideal, confesso que ver o interesse repentino dela pelos negócios e o fato de ir todos os dias para a empresa me deu um resquício de esperança. Talvez ela descubra por que eu sempre fiz questão de tê-la por perto. A empresa precisa dela. Eu preciso.

Por enquanto, vou continuar fingindo que esse romance não existe. Não é assim que eles estão lidando? As pessoas são tão previsíveis, basta observar o comportamento e qualquer mudança significativa você encontrará tudo que precisa saber sobre alguém.

Deixa os dois brincarem de casinha. Pelo menos, meu querido, ela está por perto. Diego tem servido para alguma coisa. Ele ainda é uma incógnita para mim. É claro que entrou no meu radar. Além de ser um jovem esforçado e dedicado, tem se mostrado bem inteligente e até mesmo estratégico. Gosto disso, uma dose certa de ambição faz bem a qualquer pessoa. Ele provavelmente teria uma carreira promissora se não tivesse se envolvido com a pessoa errada.

Vou continuar a observá-lo para entender como agir e quando, caso essa historinha de amor siga adiante. O que será que Diego busca? Status, dinheiro, reconhecimento? Ficar com a filha da dona e única herdeira de tudo, tenho que admitir, é uma jogada de mestre.

E sabe de outra coisa? Me surpreende ainda o fato de Alice não ter colocado fogo naquele microapartamento que ela chama de casa e que alugou com o dinheiro do seu salário. Quero ver até onde essa ideia de independência vai levá-la. Quem sabe assim ela finalmente valorize tudo que sempre teve sem nenhum esforço.

O pior é que nem para ir lá fui convidada, olha como as coisas são! Ela, no máximo, me mandou umas fotos para mostrar o que, segundo ela, seria o seu novo lar. Se eu não tivesse conseguido uma cópia da chave com o zelador do prédio, não teria conferido de perto seu péssimo gosto também para a decoração. Como alguém pode chamar de casa um lugar com cem metros quadrados e três quartos? Pelo menos tem uma varandinha espaçosa e uma vista bonita. Alice sempre gostou de ver o céu e tentar contar as estrelas, como ela dizia quando criança.

Acho que no fundo é isso, ela continua sendo essa menina que tenta contar as estrelas. É claro que não vou a deixar se perder mais ainda em uma relação sendo tão nova. Do jeito que ela é, só falta falar em casamento e filhos com o primeiro namorado. Quem sabe seu propósito de vida não seja ser dona de casa! Nada poderia soar mais patético!

Melhor eu nem brincar com isso, vamos ver até onde os pombinhos vão chegar com esse conto de fadas moderno, mas que ainda remete ao príncipe encantado que chega finalmente para salvar a mocinha. Mas o que Diego não sabe é que eu vou salvá-la primeiro. Se precisar encarar o papel de bruxa malvada, já sou praticamente uma especialista. Aliás, não é assim que todos já me veem? Cada um com seu papel. Eu pelo menos tenho consciência do meu.

15 de setembro de 2020

Quando eu acho que não tem mais como Alice fazer mais merda, ela se supera! Francamente, cursar psicologia? É sério isso? Se bem que dentro daquela cabeça fraca o que não deve faltar são demônios para atormentá-la! Ela não sabe nem mesmo quem ela é e diz que quer ajudar os outros! Com toda a certeza deve ser influência daquela amiga dela, eu sabia que essa amizade ia prejudicar minha filha algum dia.

Tessália é outra perdida. Mas a diferença é que seus pais concordam com suas decisões sem fundamento, pagam para ver no que vai dar. Sempre foram complacentes, deram muita liberdade para ela desde menina, e aí deu no que deu. Nem para fazer medicina e se tornar psiquiatra para ter a chance de ter uma carreira razoavelmente admirável. Eu disse, meu querido, essas novas gerações estão com problemas sérios, e ainda são prepotentes a ponto de achar que vão ajudar uns aos outros, como se isso fosse possível.

Qual é o maior drama ou problema que Tessália já enfrentou na vida? Abrir o guarda-roupa e não achar a blusinha que queria, limpa e passada, ou ter que acordar cedo para fazer a faculdade bancada pelos pais? Nunca passou uma dificuldade na vida, como que vai entender o que é desespero, sentir medo, raiva, fome? Ninguém ajuda alguém de verdade se não tiver sentido na pele pelo menos algo semelhante. A dor do outro é do outro, não sua. A empatia, outra palavra da moda, só faz sentido quando melhor convém às pessoas. É muito fácil falar que consegue se colocar no lugar de alguém menos privilegiado estando na cobertura do seu prédio de luxo na zona sul.

Eu sei que provavelmente Alice deve ter se matriculado para preencher a cabeça. Notei que ela está mais triste do que o normal por causa de Diego. Não sou insensível também, sei que ela está sofrendo calada, a seu modo. Mas foi melhor para ela que as coisas acontecessem como aconteceram. Ninguém morre de amor, aliás, cheguei a acreditar que agora finalmente ela conseguiria focar no que realmente precisa e importa. Já estava tão a par de tudo, dos processos, e as pessoas na empresa estavam começando a enxergar Alice como deveriam.

Mas aí vem essa ideia maluca. E quando foi que Alice começou a mentir para mim? É claro que eu fazia vista grossa para as omissões de adolescente quando ela ainda morava comigo, mas esconder um namoro que para ela estava ficando sério, não contar que decidiu finalmente fazer um curso superior, não convidar a própria mãe para visitar sua casa e mentir que foi ao médico são decisões importantes.

Até aceito o fato de ela querer mudar o rumo de algumas coisas em sua vida, mas me tirar dela não é seu direito. Vou te falar quem você é, sua ingrata! Eu te dei tudo, tudo que eu não tive, tudo que precisei conquistar, para você não reconhecer nada e ainda me excluir da sua vida medíocre como se eu fosse um luxo descartável. Eu deveria ter abortado você quando tive a chance, meu maior erro foi perder anos da minha vida investindo em uma pessoa que não tem um pingo de bom senso e que ainda se acha autossuficiente.

E ainda ter que escutar todas as grosserias que você vem me dizendo. Errei também na sua educação, deveria ter enfiado a mão na sua cara quando você levantou a voz para mim pela primeira vez. Esse papo que te sufoquei, calei sua voz. Que voz, Alice? Você sempre foi muda! Sempre passiva, nunca soube se defender, se posicionar quando necessário. Não se dá conta da luta dos seus ancestrais!

Seu avô precisou fugir do seu país durante a Batalha da França, que marcou a invasão que sofremos pelas tropas nazistas em maio de 1940, durante a Segunda Guerra Mundial. E quando a França foi conquistada pela Alemanha de Hitler, meu pai se mostrou um verdadeiro patriota, aguerrido, defendeu seus ideais e suas crenças até o último minuto. Precisou desistir para sobreviver, afinal não se ganha uma guerra sozinho.

Mas isso diz muito sobre nós, nossas origens e o sobrenome de que você deveria se orgulhar por carregar! Já no Brasil, ele precisou recomeçar do zero e só tinha a roupa do corpo. Essa é a história da sua família, é a minha origem, e você faz questão de simplesmente ignorar para "viver a sua vida".

Eu, sim, fui exposta às mazelas da vida. Passei fome, não tive por noites um teto para me proteger. Precisei aprender a me defender sozinha enquanto vendia tudo que era possível nas ruas para ajudar no sustento da família até que meus pais conseguissem se estabelecer no novo país. Eu sei o que a palavra medo significa porque estive diante dele várias vezes e não tive para onde correr ou me esconder. Vi, desde muito nova, como o ser humano pode ser mesquinho e deplorável. Então, não me venha com esse discurso de que a sua vida é difícil!

Esse sobrenome que você carrega significa *ouvir* em francês. Quer uma dica, minha filha? Ao invés de querer falar mais merda e de tomar mais decisões burras, por que não honra a luta da sua família, sua origem, e escuta o que eu estou dizendo de uma vez por todas? Você não sabe, Alice, metade do que eu já passei nessa vida. Por isso que eu valorizo o lugar ao qual cheguei e tudo que construí. E, principalmente, continuo trabalhando com afinco para que eu nunca mais passe por situações que tive a infelicidade de experienciar.

Já você, na contramão, recebeu tudo de graça. E ainda assim, sequer respeita o seu sobrenome nobre. Eu não me orgulho de tudo que vivi e tive que fazer. Mas você foi poupada da parte triste da história, deveria ser motivo de orgulho, uma ponte sólida entre o passado que não deve ser esquecido e um futuro promissor, que lhe foi entregue de bandeja.

Com suas ações, recusas e fraquezas, você não fere só a mim. Tem destruído, dia após dia, o legado dos seus antepassados em função de conflitos internos de uma mente frágil e desprovida de reconhecimento ancestral. Você, definitivamente, não é digna da vida que recebeu.

Posso não ter uma relação próxima com minha família, mas tenho meus motivos para isso. Eles são mais profundos do que possa sugerir a sua ingenuidade. Eles me lembram de um passado que, embora eu não queira esquecer porque de alguma forma me fortalece, também me remete aos meus maiores pesadelos. Mas nunca, Alice, nunca desonrei o nome do meu pai ou da minha mãe, como você tem feito comigo.

25 de abril de 2021

Não estou muito bem. Dificilmente eu assumo isso, mas para você eu conto tudo, meu querido. Tenho sentido sintomas físicos que devem ser fruto de uma exaustão psicológica e física. Preciso admitir que, embora para muitos pareça que sou de ferro e sem coração, meu corpo tem me dado sinais claros da minha sobrecarga.

A verdade é que não tenho paz, não consigo descansar nunca. A pressão só aumenta de todos os lados, e talvez eu realmente não tenha feito as melhores escolhas nos últimos tempos. Meus pesadelos estão cada vez mais recorrentes e assustadores. Talvez meu subconsciente esteja mais alinhado com minha realidade do que eu imagino.

Sem contar as ameaças que estou sofrendo, recebi outra carta anônima essa semana. Como se eu não soubesse quem as tem enviado. Como se eu não soubesse também o que ele está planejando. Não estou com medo, afinal, cão que ladra não morde. Mas também não é nada agradável viver em estado de alerta o tempo todo. Ele sabe que está em minhas mãos, por isso não pode fazer muita coisa. Se eu cair, levo todos comigo. E por mais que ele seja audacioso, é esperto o suficiente para não estragar tudo.

Diferentemente de mim, ele tem muito a perder. Talvez esse seja o meu maior trunfo no momento. Ninguém consegue atingir ou ameaçar uma pessoa que não se importa mais com muita coisa. Já conquistei tudo que eu queria, agora é só administrar e não deixar o castelo ruir.

E preciso voltar ao médico o quanto antes. Meus remédios acabaram e tem sido impossível passar por esse turbilhão sem estar pelo menos mais calma. Faltam três meses para o Congresso em Campos do Jordão, e será uma oportunidade única para amarrar todas as pontas que estão faltando, convencer quem ainda não está do nosso lado. Mas para isso preciso estar bem. Quem confiaria sua vida, dinheiro e negócios a uma mulher visivelmente abalada ou fraca?

Preciso me refazer, tenho um certo tempo para isso. Sou boa em manter as aparências e em convencer quem preciso impressionar. Primeiro, só preciso convencer a mim mesma de que está tudo bem e sob controle.

capítulo 16

30 de agosto de 2021
A ironia das sombras

Uma semana após o seu encontro com Alice, o investigador Alexandre não conseguia parar de pensar na conversa que tiveram. Ele ainda não sabia ao certo o que o estava incomodando, nunca havia deixado qualquer caso tirar o seu sono. Não restava a ele dúvidas sobre o caráter de Adelaide ou até mesmo sobre a sua crueldade para com a filha. Só não entendia o porquê de tudo aquilo, e de querer ajudar Alice além do que fora contratado.

Depois de muito refletir, chegou à conclusão de que talvez nem a própria Adelaide soubesse responder a essa questão. E no que dizia respeito ao seu envolvimento no caso, preferiu acreditar que era seu dever dar as respostas e o sossego de que a sua cliente tanto precisava.

Desde que topou o trabalho, em vários momentos Alexandre se pegou pensando em como as pessoas podem ser imprevisíveis, para o bem ou para o mal. É claro que aquela não era nem de longe uma história incomum, a relação de mãe e filha. Mas era também, sem dúvida, uma relação perigosa em todos os aspectos. Mesmo morta, a pressão e até mesmo influência que ela exercia sobre Alice eram perceptíveis. Assim como o fato de Alice lutar com todas as suas forças contra os seus próprios fantasmas, que continuavam sendo alimentados basicamente pela sombra da mãe.

Por fim, se contentou com a analogia que resumia bem para ele toda a situação: era um cabo de guerra psicológico. E agora ele estava, inevitavelmente, ajudando a fazer força de um dos lados. Primeiro, claro, porque havia sido contratado para tal e precisava fazer jus aos trezentos reais por hora de trabalho que Alice estava pagando. Depois, por mais que não se sentisse confortável em admitir, ele se conhecia o suficiente para saber que estava envolvido emocionalmente com aquele caso.

Em posse de algumas fotos de Adelaide, que estavam espalhadas em sua mesa naquela manhã de trabalho, pensou ainda em como, até pelas fotografias, a mulher conseguia passar uma imagem de arrogância e prepotência. Sua postura era sempre impecável. Olhava de cima a baixo, independentemente da posição que estivesse. Cara séria, olhar desafiador, como se estivesse convidando seus observadores para se juntarem à disputa do cabo de guerra. E escolher um lado representava estar com ela ou contra ela. Não existia outra possibilidade. E de uma forma nunca antes experimentada pelo investigador, quando encarava Adelaide, mesmo que através de um papel, sentia um arrepio involuntário percorrer todo o seu corpo. Pensou que provavelmente era seu subconsciente tomando partido de Alice naquele enredo bizarro — não faltariam motivos racionais para tal —, mas ele sabia que era perigoso para a própria investigação em si e nada profissional se o fizesse.

Com praticamente um mês de investigação, ouviu muita gente. Mais do trabalho do que do convívio pessoal da falecida, que se limitava a poucos ou quase nenhum amigo, e que mantinha ainda um distanciamento consciente da própria família. Pelo que tudo indicava, eles também não faziam questão da sua presença e, mesmo após sua morte, não quiseram se manifestar nem deram abertura ao investigador para se aprofundar em questões familiares. O que quer que tenha acontecido no passado, parecia estar resolvido.

Sem acesso às investigações da polícia, a única certeza que Alexandre tinha era de que o assassino de Adelaide poderia ser qualquer um que tivesse motivos para odiá-la, o que não parecia ser difícil e ampliava, e muito, a lista de suspeitos. E provavelmente seria alguém próximo a ela. Chamou a sua atenção um detalhe na leitura do único relatório a que teve acesso: a fechadura do chalé não havia sido danificada. Fato que corrobora a ideia de que quem entrou lá naquela noite ou tinha a chave ou havia combinado com Adelaide que a porta ficasse aberta.

Ele ainda continuava à procura do diário que poderia lhe ajudar a obter algumas respostas, ou pelo menos dar dicas de quem seria essa pessoa. Pensou em como teve sorte de encontrar ainda na lixeira algumas folhas com esboços de anotações que, embora não revelassem nada substancial para sua investigação, renderam-lhe a informação de que a empresária provavelmente descarregava todas as suas emoções em um caderno. Quem tivesse acesso a ele, a conheceria por inteiro.

Alexandre sabia que em breve todos teriam as respostas definitivas, saberiam quem havia cometido o crime. Mas, naquele momento, esse não era o ponto que capturava sua atenção. Sua intuição lhe dizia que o laudo necroscópico não seria capaz de revelar tudo que estava por trás do caso. Havia mais. As poucas evidências a que teve acesso já sugeriam isso. Não esteve no local do crime, mas leu matérias e viu fotos, o que lhe ajudou a montar alguns possíveis cenários e a pensar em possíveis acontecimentos que culminaram com a tragédia naquela noite.

Pelo menos Alexandre sabia que, a pedido da polícia em um primeiro momento e depois de Alice, a limpeza do escritório do apartamento da vítima não havia sido realizada desde a partida de Adelaide. Todos os funcionários que se dispuseram a falar foram enfáticos ao afirmar que a filha provavelmente amargaria um luto do qual não seria fácil se desvencilhar. Por isso, tudo estava intacto, como Adelaide havia deixado antes de viajar. Por isso também ele encontrou as folhas avulsas do diário.

Algumas pessoas chegaram a comentar que elas estavam brigando muito nos últimos tempos, o que não era nenhuma novidade para Alexandre, considerando a relação tumultuada das duas. Fato que provavelmente teria desencadeado uma espécie de culpa na filha, que não conseguiu se despedir nem resolver as coisas antes da partida da mãe. Não voltar à casa onde cresceu, evitar ao máximo ir à empresa e pedir para que deixassem tudo como estava antes certamente ainda era um mecanismo de autodefesa da sua cliente, totalmente compreensível. Nas poucas vezes que precisou ir ao escritório, os funcionários disseram que Alice havia ficado pouco, apenas liberou o que era preciso e não chegou a conversar com ninguém.

Naquele dia, pouco antes do final da manhã, a secretária de Alexandre entrou e lhe entregou alguns papéis. Nessa altura da investigação, ele tinha algumas suspeitas em mente, mas preferia ter mais informações e fatos antes de esboçar qualquer projeção em relação ao caso. Quando abriu o documento, veio a confirmação que ele esperava. Agora sabia quem era o homem que havia discutido com Adelaide minutos antes da sua morte.

Nesse relatório, ele teve acesso também a algumas mensagens trocadas e transcrição de áudios recentes. Recebê-lo foi uma cortesia do amigo delegado porque a ideia de investigar o histórico telefônico da vítima de forma detalhada havia partido de Alexandre. Marcelo acatou sua sugestão e solicitou à operadora um documento mais completo sob justificativa de investigação. Quando Alexandre refez o trajeto da vítima em Campos do Jordão, escutou de algumas testemunhas, que preferiram não se identificar, que a empresária parecia exaltada no telefone enquanto caminhava até o chalé onde tudo tinha acontecido.

De fato, o último número a falar com Adelaide havia ligado várias vezes para ela durante toda a semana e, entre ligações recebidas e não atendidas discriminadas no relatório, ele se destacava dos demais. A não ser com o número fixo da empresa, Adelaide não tinha o hábito de falar com a mesma pessoa várias vezes durante uma semana comum.

Com um sorriso no canto da boca, que indicava que suas suspeitas estavam minimamente corretas, Alexandre saiu do seu escritório e já sabia onde encontraria o renomado advogado Teodoro Jardim, diretor e braço direito de Adelaide na empresa.

capítulo 17

Por causa das inúmeras visitas à empresa de Adelaide nas últimas semanas, Alexandre já era uma pessoa conhecida na portaria e por boa parte dos funcionários que lidavam diretamente com ela no dia a dia dos negócios. Ele fez questão de conhecer e conversar com um por um, para colher informações e entender o que se passava por ali. Ao chegar à recepção, informou que a visita hoje era para falar com o advogado de Adelaide e da empresa, Teodoro Jardim.

— Não liberaram a sua entrada imediatamente. Me informaram que dr. Teodoro está participando de uma reunião do conselho, sem previsão de horário de término — a recepcionista disse. Ficou claro para Alexandre que, do outro lado do interfone, alguém a tinha orientado a tentar persuadi-lo a ir embora ou voltar com horário marcado. Sem muito traquejo, por provavelmente ser nova ali, ela não tinha muita certeza sobre como resolver a situação. Logo que percebeu essa brecha, o investigador aproveitou.

— Não se preocupe comigo. Estou sem nenhuma pressa. Posso me sentar aqui e aguardar o fim da reunião? — perguntou, apontando para cadeiras estofadas vazias, que ajudavam a tornar a recepção mais confortável para os visitantes que, assim como ele, precisassem por algum motivo aguardar ali.

— Ok, senhor. Vou informá-los de que o senhor irá esperar — a recepcionista informou, sem alternativa, considerando a reação rápida e estratégica do visitante. Ela apenas observou Alexandre servir-se de um copo de café e outro de água e depois sentar-se na poltrona confortável que ele parecia conhecer bem.

A agenda de Teodoro estava cheia de compromissos, e ele não costumava receber ninguém sem hora marcada. Mas sua secretária particular e os demais colaboradores da empresa de Adelaide já conheciam a forma de trabalhar do investigador. Enquanto ele não fosse atendido, não sairia dali. E se não fosse hoje, certamente voltaria. Além disso, Alexandre fez questão de reforçar com a recepcionista que se tratava de um assunto importante e do interesse dele.

Quase quatro horas e três cafés depois, avisaram ao investigador que poderia subir. Assim que chegou ao andar da empresa, foi conduzido à sala de reuniões do time jurídico, local em que ele também já havia estado antes. Diferentemente das outras vezes em que esteve na empresa, notou que o clima estava mais pesado, as pessoas não sorriam espontaneamente como antes, havia um silêncio esmagador que não combinava com o tamanho do escritório e com a quantidade de pessoas que trabalhavam ali. Para qualquer visitante pouco observador, seria fácil supor que ali haveria apenas máquinas, computadores, não trabalhadores.

Mas não foram apenas os sorrisos forçados que incomodaram Alexandre. Poucas pessoas com quem ele cruzou o encararam, ele estava sendo evitado pelo time de funcionários de forma explícita.

— Me desculpe fazê-lo esperar tanto. Essas reuniões consomem o dia da gente. Mas confesso que fiquei surpreso também com o seu retorno à empresa, pensei que já havíamos terminado. Como posso ajudá-lo, investigador? — Teodoro começou, apontando a cadeira para que Alexandre pudesse se sentar de frente para ele. Como já estava esperando na sala de reuniões e parte das divisórias do local eram de vidro, Alexandre pôde notar que o advogado, antes de entrar, estava acompanhado de outros engravatados, que também pareciam tensos e se despediram com um cumprimento amistoso de mãos, sem sequer esboçar sorrisos forçados.

Teodoro respirou fundo duas vezes antes de encarar o investigador.

— Agradeço por me receber fora da sua agenda. E eu também achei que não seria necessária outra conversa, mas novas evidências foram encontradas e gostaria de esclarecer para fechar alguns pontos que estão abertos na investigação.

— Novas evidências? Do que está falando e o que eu tenho a ver com isso? — Enquanto respondia ao investigador, Teodoro se levantou e optou por fechar as persianas. Isso acontecia quando as reuniões precisavam ser reservadas, sem revelar quem estava no interior da sala ou o que acontecia ali dentro. Ao observar a reação nada amistosa do seu anfitrião, Alexandre supôs que mencionar novas evidências tenha provocado nele um senso de privacidade urgente. Assim que concluiu sua ação, o advogado sentou-se novamente e encarou o investigador, que continuou:

— São justamente essas respostas que vim buscar hoje, doutor. Em nosso primeiro contato, lembro-me perfeitamente de você dizer que sua relação com Adelaide era, quais palavras mesmo você usou? Lembrei: exclusivamente profissional, certo?

— Sim.

— Imagino que sim.

— Não entendi sua insinuação, investigador. E não estou gostando nada do rumo que esta conversa está tomando.

— Vou direto ao ponto, afinal sabemos o quanto seu tempo é precioso. — Alexandre estava sendo irônico, mas não fez mais rodeios para não deixar o advogado ainda mais irritado antes da hora. — Esse é um relatório a que tive acesso e que prova que você e Adelaide estavam se falando muito nos últimos meses. Mais especificamente nas duas semanas que antecederam a morte dela. — Retirou alguns papéis da bolsa e os estendeu na direção de Teodoro, que os ignorou, indicando que não fazia a menor questão de olhar o que quer que fosse naquelas folhas.

— Não vejo como isso pode ser um indicativo de qualquer problema, afinal sou advogado da empresa e diretor jurídico também. Qual é o problema em falarmos com frequência?

Ao dar essa resposta, Teodoro deixou explícito o seu incômodo com a visita inesperada, que agora parecia mais uma afronta. Ele não parava de rodar uma caneta preta Montblanc e se ajeitava na cadeira a cada minuto. Alexandre, percebendo os sinais, tratou de ser rápido. Tinha a sensação de que precisaria ser cirúrgico com suas palavras se quisesse obter algum resultado com aquela conversa truncada.

— Concordo que a princípio este fato poderia ter passado despercebido justamente pela relação profissional que vocês realmente tinham. Mas poderia me explicar, por exemplo, por que algumas ligações suas eram realizadas nos finais de semana ou até mesmo de madrugada? Mais do que isso — emendou, para não perder a oportunidade —, dr. Teodoro, se como afirmou e reiterou que estes contatos se davam em função de assuntos relacionados aos negócios, por que Adelaide simplesmente ignorava e não atendia a maior parte das suas ligações? Não é preciso ser nenhum administrador de empresas para supor que seria do total interesse dela atender ou retornar as ligações do seu diretor jurídico, não acha?

— Não sei aonde pretende chegar com essas suposições. Infelizmente, acho que nunca teremos essas respostas. Acredito que você tenha descoberto em suas investigações que Adelaide fazia o que lhe dava na cabeça. Sobre as ligações fora do horário habitual de expediente, acredito que você nunca tenha vivido a experiência de trabalhar em uma grande empresa como esta. Acertei, investigador? Porque saberia que não existem regras ou horário comercial, mas sim problemas que precisam ser resolvidos independentemente do dia e horário em que eles aconteçam.

— Que interessante o doutor falar em problemas. Vocês estavam enfrentando muitos por aqui?

— Não faz o menor cabimento essa sua pergunta. Até onde eu sei, você foi contratado por Alice e nem da polícia faz mais parte.

Espera mesmo que eu te passe informações confidenciais sobre nossos contratos ou negócios? — Nesse momento, Teodoro já havia alterado seu tom de voz e dava indícios de que aquela conversa chegaria ao final muito em breve. Deixou a caneta em cima da mesa e encarou Alexandre.

— Muito bem lembrado. Não faço mais parte da corporação, mas mantenho uma boa relação com eles, porque confiamos uns nos outros. Continuando, tem outro ponto no relatório que chama a atenção. Adelaide estava sofrendo ameaças. E, olha que interessante, diz aqui que você foi o último a falar com ela naquela noite. Além disso, testemunhas disseram que ouviram ela discutir com alguém no telefone enquanto caminhava até o chalé.

— Não faço ideia do que esteja falando. Está tentando conectar as pontas, como você disse, arrumando um culpado, investigador? — Dessa vez, quem usou de ironia foi Teodoro, que chegou a esboçar um sorriso falso que logo se apagou.

— Em nenhum momento eu disse que era culpado, mas talvez essa gravação aqui ajude a refrescar a sua memória. — Alexandre retirou o celular do bolso e apertou um ícone para reproduzir o áudio de uma conversa que recebeu junto com o relatório.

— *Eu não me importo.*
— *Quanto a isso, eu não tenho a menor dúvida.*
— *Então, por que você me ligou novamente?*
— *Porque, no fundo, eu ainda tinha uma ponta de esperança. Achei que, com a viagem e com tempo pra pensar, você ia considerar resolver as coisas de outra forma.*
— *Não existe outra forma. Existe o meu jeito de fazer as coisas, e quando você recebeu a transferência do valor combinado, não me parecia preocupado com as outras pessoas envolvidas. Até onde me lembro, você é muito bom em defender os seus direitos, não os direitos humanos.*
— *Me associar a você foi o maior erro da minha vida. Eu só quero sair de tudo isso, não suporto mais tanta podridão.*

— Mesmo trabalhando juntos há anos, eu não conhecia esse seu lado dramático. Faz o seguinte, por que você não procura a polícia e conta tudo que fez? Eles vão adorar saber que você foi orientado, ou melhor, obrigado. Não foi isso o que aconteceu?

— Vai se foder, Adelaide! Nem que seja a última coisa que eu faça na minha vida, mesmo que eu pague pelos meus erros perante a lei, eu juro que você vai pagar por todo esse mal que tem causado.

— Olha aqui, escuta bem o que eu vou te dizer porque será a última vez. Se isso for uma ameaça, sugiro a você que se movimente rápido para executar o que quer que esteja na sua cabeça, porque não tenha dúvida de que eu usarei todo o meu poder e dinheiro para acabar com a sua vida e com essa família ridícula que você tem orgulho de dizer que tem. Se você fosse esse homem tão íntegro e cheio de valores, não teria aceitado minha primeira oferta, nunca te forcei a nada. Agora, eu não poderia imaginar que você era mais fraco do que eu pensava. No primeiro grande problema você quer pular fora? Sinto informá-lo, mas você ainda não se deu conta de que não existe essa opção? Nunca se esqueça de que, se um cair, todos caem. Engole esse seu bom senso repentino e continue seu trabalho, te garanto que será melhor para você. E outra coisa, para de me ligar assim e de me ameaçar. Acha mesmo que eu não sei que é você o tempo todo?

— Do que está falando? A verdade é que não devem faltar pessoas ameaçando você. E por que será? Não se preocupe, não vou te ligar mais. Mas tenho um último recado para você também. Você vai pagar. Pelo menos dessa vez você vai sofrer as consequências dos seus atos, de destruir tantas vidas e pessoas. Eu prometo.

— Se não me engano, essa é a sua voz, doutor. Foi pouco tenso esse último contato entre vocês — continuou Alexandre, assim que a gravação parou de ser reproduzida.

O áudio não durou mais do que dois minutos. Com medo de que pudesse ser interrompido, Alexandre levantou-se e caminhou pela sala com o celular em mãos. Teodoro, por sua vez, havia deixado a caneta de lado e, com os punhos cerrados e mãos em cima da mesa, parecia ter sido transportado para qualquer outro lugar. Seu olhar estava distante, sem foco. Reconhecer a sua voz e saber que a polícia tinha acesso às trocas entre ele e a ex-chefe provocou uma introspecção que só foi quebrada quando aparentemente ele se lembrou de que não estava sozinho na sala.

— Saia da minha empresa — ordenou, voltando a encarar Alexandre, que permanecia em pé, agora na sua frente.

— Sua empresa?

— Modo de dizer. Pelo menos por enquanto, até a assembleia com Alice ser realizada, eu assumi o cargo de CEO, como você já deve saber. Aliás — disse, levantando-se também —, não preciso dar a você nenhuma satisfação!

— Sei, sim. E sei também que aparentemente você tem articulado internamente para não deixar que Alice assuma o que é dela por direito. Por que, Teodoro?

— Não sei do que está falando ou o que anda escutando nos corredores. De qualquer forma, essa conversa já deu o que tinha que dar. Peço que se retire imediatamente. Ou vou ter de chamar a segurança?

— Não será necessário, já estou de saída.

— A partir de hoje você está proibido de entrar na empresa.

— Imaginei que isso fosse acontecer. Agradeço a receptividade até aqui, agora quem vai voltar, e aí não tem como o senhor impedir, é a polícia.

— Não sei o que estão imaginando, mas estão procurando no lugar errado. Eu não tenho nada a ver com a morte de Adelaide. De qualquer forma, todos vocês só entram aqui com um mandado, de agora em diante. Chega dessa sua brincadeira e da Alice, vocês dois estão proibidos de usar a empresa como palco dessa palhaçada.

— Não se preocupe, dr. Teodoro. Tudo que eu precisava aqui, já consegui.

capítulo 18

Assim que saiu do prédio e entrou em seu carro no estacionamento, Alexandre abriu novamente o relatório. Dois números estavam destacados em caneta marca-texto amarela. Por alguns segundos, achou que estava sendo observado, e essa sensação o fez sair mais rápido dali. Ajustou o aplicativo de trânsito e seguiu rumo ao segundo endereço que precisava visitar no dia.

Logo no início da tarde, estava na porta da casa da família do ex-namorado de Alice e amante de Adelaide. Riu por dentro, como aquela situação era constrangedora. Quando suas primeiras suspeitas começaram a se formar em sua mente alguns dias atrás, Alexandre já tinha mapeado a rotina do rapaz, que parecia se limitar a poucas saídas e muito tempo trancado em seu quarto.

Alexandre já sabia de toda a história, do amor entre os jovens, o rompimento repentino e a mudança não programada para a Austrália. Tendia a pressupor que o rapaz, provavelmente, entendendo a gravidade da merda que havia feito ao se envolver com mãe e filha, optou pelo caminho mais fácil, que era fugir e deixar as duas se resolverem. Mas sabia, em seu íntimo, que uma história com esse enredo, considerando principalmente quem eram as envolvidas, não seria tão simples de resolver assim.

Diferentemente dos outros dias em que esteve ali, dessa vez Alexandre saiu do seu carro posicionado quase que em frente à casa do lado contrário da rua e tocou a campainha. Ele sabia que a mãe e a irmã de Diego haviam saído para trabalhar mais cedo e que o rapaz estava sozinho em casa. E que seu pai tinha falecido havia sete anos.

Depois da terceira tentativa e de achar que a campainha estava estragada, Alexandre viu Diego abrir a porta meio desconfiado. O cabelo despenteado e a barba espessa por fazer, além do que parecia ser um pijama maior que seu número, entregavam que provavelmente ele havia saído da cama para atender a visita inesperada.

— Posso ajudar?

— Olá, Diego, sou o investigador Alexandre Ferreira.

A palavra "investigador" surtiu efeito imediato em Diego, que ficou pálido em poucos segundos. Sem conseguir esboçar qualquer reação, Alexandre continuou:

— Posso entrar? Eu gostaria de fazer algumas perguntas.

— Sobre o quê? — Conseguiu soltar a frase curta sem imprimir nenhuma convicção em suas palavras e sílabas titubeantes. Por instinto, ainda segurou a porta com mais força, revelando que não tinha intenção de convidar Alexandre para entrar.

— O assassinato de Adelaide Simon.

Se Alexandre tivesse qualquer dúvida do quanto ele estava assustado antes, ao ver a reação do rapaz ouvindo do que se tratava teve a confirmação de que, no mínimo, a pressão de Diego havia caído.

— Você está bem, Diego?

— Sim, provavelmente deve ser minha pressão. Tenho tido alguns problemas nos últimos tempos para controlá-la. — Com um movimento lento, Diego usou a porta entreaberta para se apoiar. Logo em seguida, depois de alguns segundos provavelmente utilizados para refletir sobre o que deveria fazer, terminou de abri-la e indicou com a mão estendida que Alexandre poderia ultrapassar aquele limite inicial imposto. — Bom, entre, por favor. Aceita um café, uma água? — Tentou ser o mais educado possível.

— Água, por favor — o investigador respondeu, já no interior da residência que conhecia por fora.

Enquanto Diego providenciava a água para os dois na cozinha, Alexandre se sentou na sala e observou com cuidado cada detalhe do pequeno cômodo. Era uma casa bem simples e comum, considerando os padrões de classe média baixa no Brasil. As fotos espalhadas em quadros e porta-retratos indicavam uma família feliz e uma mãe orgulhosa, que fazia questão de mostrar aos seus visitantes que os filhos se formaram e que os três eram muito ligados, a julgar pelos inúmeros momentos relevados ali, em meio aos sorrisos espontâneos que diziam mais sobre eles do que muitas palavras seriam capazes de contar.

Alexandre notou ainda que não havia nenhuma foto da passagem de Diego pela Austrália, o que era estranho, já que a mãe mostrava com orgulho a filha em dois ou três países diferentes. Por que não sentiria orgulho da experiência que o filho também teve fora de casa? A quebra do padrão chamou a atenção do investigador, que fingia aguardar o retorno de Diego sem qualquer interesse aparente na decoração da residência.

Apesar de começar, automaticamente, a construir um raciocínio para tentar entender o suposto motivo da ausência, Alexandre não teve muito mais tempo para continuar com suas observações. Logo Diego retornou à sala. Recuperado do susto inicial, provocado pela visita de um estranho à procura de respostas sobre Adelaide, ele retomou a conversa:

— Investigador Alexandre, certo? Sinceramente, não entendo o porquê da sua visita, eu não tenho nada a ver com essa história. Aliás, a única coisa que eu queria era distância daquela mulher — precipitou-se em dizer.

— Entendo e até acredito que queria realmente distância. Mas está totalmente envolvido com essa história, Diego.

— Acho que o senhor está enganado.

— Tem certeza? Primeiro, o que me trouxe aqui hoje é o fato de que encontramos várias ligações para Adelaide partindo do seu número de telefone. Inclusive poucas horas antes do ocorrido com ela.

Diego parecia ter sido pego de surpresa com essa afirmação. Não imaginava que a polícia teria acesso a essas informações. Tomou um pouco de água e se concentrou novamente para responder. Entendeu que não adiantaria tentar encobrir suas ações ou mentir para Alexandre, que, em contrapartida, se mostrava totalmente seguro de si, do seu trabalho. Quem sabe o investigador até já soubesse de toda a verdade.

— Era só o que me faltava, puta que pariu! Mesmo depois de morta essa mulher ainda volta para me assombrar. Olha, investigador, posso lhe assegurar de que não tenho nada, absolutamente nada a ver com o que aconteceu com ela. É uma enorme perda de tempo você estar aqui comigo e não ir atrás do verdadeiro culpado. Adelaide não pode estragar minha vida assim de novo. Não pode.

— E o que justifica suas ligações para ela durante toda a semana, posso saber?

— Eu realmente liguei, queria encontrá-la para resolver umas pendências do passado, mas só isso. Como ela me ignorou nas primeiras vezes, precisei insistir, mas não chegamos a nos encontrar, eu juro. E do pouco que conversamos por telefone, acabamos nos desentendendo. Desde que me mudei para a Austrália, eu nunca mais a vi.

— Seja mais específico, quais eram as pendências do passado que precisavam resolver? E quando você diz que se desentenderam, o que isso quer dizer exatamente?

— Prefiro não falar sobre isso. São coisas pessoais, não tem nada a ver com a investigação. Imagino que eu não seja obrigado a revelar conversas pessoais para você. — Diego recorreu ao que sabia superficialmente sobre os seus direitos. Mas não conseguiu esconder a sua preocupação com o rumo que a conversa estava tomando. Estava perdido, inseguro, e seu tom de voz oscilante e as pupilas dilatadas revelaram a Alexandre que era o momento ideal para ser mais incisivo.

— Depende. Se esses diálogos contribuem para elucidar um crime, sim, você terá que informar tudo que houve. E por que insistia em encontrá-la? — Alexandre mantinha-se totalmente calmo. Sua voz era acolhedora e sugeria confiança. Ele inclinou seu corpo para se aproximar um pouco mais. — Preciso dessas respostas, Diego.

Diego demorou um pouco para processar o que estava ouvindo e dar continuidade à conversa. Sua fisionomia, com a testa enrugada, era capaz de revelar como estava o seu interior naquele momento. Ele parecia escolher as melhores palavras, ou tentava ganhar tempo para formular a melhor resposta possível.

— Você está no controle aqui — continuou Alexandre. — Se optar por ficar calado, é seu direito. Mas preciso que entenda que estou aqui para ajudar você. A investigação está avançando, Diego. E você está envolvido em um caso que tomou repercussão nacional. Se não percebeu ainda, terá que enfrentar o que quer que tenha acontecido e contribuir para a resolução do caso, independentemente da sua vontade. Nesse ponto, você não tem escolha.

As palavras de Alexandre fizeram sentido para Diego, que se levantou, respirou profundamente duas vezes e encarou o investigador, que permanecia sentado no sofá.

— Cara, vou ser bem sincero — disse, indicando que faria uma pequena caminhada pela sala. Com passos curtos começou a se movimentar. Essa simples ação ajudou Diego a colocar as ideias em ordem e a tomar uma decisão. — Sei que isso pode me comprometer de alguma forma, mas já não tenho mais nada a perder mesmo, o melhor que eu faço é falar a verdade.

— Acredito ser o melhor caminho sempre — Alexandre incentivou.

Diego concordou com a cabeça e, depois do sinal positivo, continuou:

— Discutimos porque eu disse que sabia que ela estava na 3ª Conferência Nacional do Meio Ambiente. Achei estranho porque esse ano o foco principal era a realização de negócios sustentáveis e, como já tinha trabalhado com ela, sabia que essa causa não pertencia à Adelaide. Mas vi nas redes sociais a divulgação do evento e que ela havia confirmado sua participação. Quando me atendeu, percebi que já estava bem alterada, mas quando eu disse que ela estava me evitando, que não me recebia na empresa e não me deixava entrar em seu apartamento... — Diego respirou para concluir seu raciocínio, como se tivesse dúvida quanto ao que falaria na sequência.

— Foi só isso que disse a ela? — Alexandre insistiu, com o intuito de mostrar que havia percebido algo mais que ainda não fora revelado.

— Enfim, eu disse que iria encontrá-la em Campos. Lá ela teria que me escutar — completou, enquanto se sentava novamente e encarava Alexandre para observar sua reação. O investigador apenas o acompanhou com os olhos, sem nenhum movimento que indicasse o que estava pensando.

— E você chegou a ir?

— Não! Eu juro, cara. Realmente não a vi em nenhum momento desde que voltei. Depois de mais uma vez ela me ignorar e desligar o telefone na minha cara, rindo com aquele deboche característico dela, acabei bebendo um pouco mais do que deveria naquela noite. Não vou mentir, comecei para tomar coragem, para ir lá e encará-la, falar tudo que estava entalado. O problema é que mais uma vez acabei desistindo. Dormi aqui no sofá mesmo, depois de secar uma garrafa de vodca. O ponto é que nem saí de casa aquela noite. No outro dia de manhã, levei um susto quando vi no noticiário o que tinha acontecido.

— Sua mãe ou irmã estavam em casa com você durante a noite do seu porre solitário?

— Não, elas tinham saído para fazer sei lá o que na casa de um parente que mora aqui no bairro mesmo.

O rosto de Alexandre estampava um "eu já imaginava essa resposta". Visivelmente desconfortável, além de começar a andar de um lado para o outro de novo, agora em um ritmo mais acelerado, Diego se exaltou:

— Olha, quer saber? Não vou falar mais nada. Pelo visto você já me julgou e me condenou na sua cabeça. Por que perdeu tempo vindo aqui se não acredita no que eu falo?

— Calma, Diego. Não sou seu inimigo. Sei o quanto Adelaide era difícil. Se resolvi vir aqui antes da polícia, é porque quero te ouvir, saber a sua versão dos fatos. Ajudar, sim, no que for possível.

— Como vou saber se posso confiar em você?

— Você acha mesmo que a polícia teria o mesmo cuidado que estou tendo com você? Eu sei de tudo, sei que vocês tiveram um caso também. Então não é muito difícil imaginar que tinham muitos assuntos em comum ou, como você disse, pendências para resolver. A questão aqui agora é entender até onde você foi, o que realmente fez.

— Eu já te disse! Não tenho nada a ver com isso. A única coisa que eu não deveria ter feito era ter aceitado aquele emprego. Minha vida acabou assim que entrei para aquela empresa e conheci aquela família.

— Você não foi feliz com Alice? Desculpa perguntar, realmente não é da minha conta, mas como foi se envolver com sua sogra no meio do caminho? No que você estava pensando?

— Alice foi a melhor e a pior coisa que já me aconteceu. — Nesse momento ele parou de andar e baixou o olhar, segurando a cabeça entre as mãos. — Fui ao céu com ela, mas passei mais tempo no inferno. Ela não tem culpa de ter saído daquela mãe doente dela, tudo poderia ter sido diferente, mas eu me perdi. Me deslumbrei, acho que meu maior erro foi não ter percebido ou admitido isso antes. De uma hora para outra, do nada, tive acesso a tudo com que sempre sonhei. Não era para as coisas terem terminado daquela forma.

— Se deslumbrou com o que a Adelaide te oferecia? Como isso aconteceu, vocês dois?

— Ela... me forçou a ficar com ela.

— Me explica como uma mulher de um metro e sessenta e sete de altura força um homem jovem com no mínimo um metro e oitenta a fazer sexo com ela?

— Não me refiro à questão sexual. Usei a palavra "forçou" porque eu jamais teria feito isso por vontade própria. Não trairia a Alice dessa maneira.

— Continuo sem entender, Diego. O que ela te forçou a fazer, então?

— No começo, quando ela passou a se insinuar, eu achei até que fosse uma brincadeira de mau gosto dela. Quando entendi que era real, ela me disse que queria entender o que Alice tinha visto em mim. Quando ela tentou me beijar pela primeira vez, no escritório

O veneno do caracol

da empresa, é claro que eu recusei. Segurei ela pelos braços, disse que tudo aquilo era uma loucura. Mas com a minha negativa, vieram as ameaças. Definitivamente, Adelaide não sabia lidar com qualquer tipo de não, fosse de quem fosse.

— Me conta um pouco mais sobre essas ameaças, por favor.

— Primeiro, ela disse que me mandaria embora e que eu nunca mais veria a Alice. Depois, que contaria tudo para a filha, mas dizendo que eu a tinha violentado. E por último, ainda com a minha resistência, disse que acabaria com a vida da minha mãe e da minha irmã. Cara... ela sabia o nome das empresas em que as duas trabalhavam, sabia quem eram seus chefes.

— Foi aí que você recuou.

— Sim. Não sou burro, entendi o recado, e eu sabia que ela seria capaz de cumprir qualquer ameaça que saísse da sua boca perigosa e sem escrúpulos. Pode me chamar de covarde, do que for, mas *eu* tinha me metido com elas, não a minha família. Não achava justo deixar que alguma coisa afetasse minha mãe e minha irmã.

— Por isso disse que Alice foi o melhor, mas também o pior que já te aconteceu?

— Exatamente. Eu estava feliz no meu trabalho, tinha encontrado na Alice tudo que eu sempre quis em uma mulher, e era recíproco. Sem contar que...

Diego mais uma vez refletiu por alguns segundos. Dessa vez, suas mãos não estavam cobrindo o rosto, mas ele adotou uma postura envergada que denunciou todo o peso de decisões erradas que havia tomado. Ele estava abatido, entregue à sua própria sorte. O problema é que não havia muito que não fosse o deixar ainda pior. Ele não tinha para onde correr e sabia disso. A corda sempre arrebenta no lado mais fraco. E era assim que ele estava se sentindo novamente, fraco e vulnerável. A oferta de ajuda de Alexandre, se fosse realmente verdade, parecia-lhe uma boa saída. Na verdade, ele não tinha mais em quem confiar.

— Ela me disse que seria só uma vez. E que depois disso, eu estaria livre para seguir com a minha vida e com Alice.

— E ela cumpriu com a palavra?

— Não. Acho que nos encontramos umas cinco ou seis vezes. E era horrível, porque eu mentia para a Alice. Dizia a ela que precisava acompanhar a mãe dela em reuniões ou ir até a empresa para algum compromisso presencial. E ao mesmo tempo que estava assustado com tudo aquilo, de alguma forma também passei a sentir prazer.

— Então você começou a gostar de estar com as duas?

— Acho que sim. Elas eram muito parecidas. Não só fisicamente, na cama também. E no final, eu já estava com uma pensando na outra, mas de uma forma estranha. Era como se elas se completassem. Porra, achei que eu nunca ia falar isso para alguém.

A julgar por tudo que já sabia sobre Adelaide, o investigador achou coerente o relato do jovem, que parecia dizer a verdade. Só conseguia pensar que, se realmente fosse verdade, então ele não seria tão vítima assim como insistia em dizer e até mesmo em acreditar.

— E como você foi parar na Austrália?

— Adelaide era esperta, vivida. Acho que ela percebeu que eu não resistia mais e só aí que ela decidiu que não teríamos mais nada. Começar foi uma decisão dela, parar também. Lembro até hoje de suas palavras no nosso último encontro. Disse que eu era fraco e que só havia confirmado suas desconfianças, que eu não era homem o suficiente para ficar com a filha dela. Depois de tudo que eu tinha feito, é claro que eu não tinha mais coragem de sequer olhar nos olhos da Alice. Eu não sei até onde eu teria ido, se realmente dependesse apenas de mim. Mas, quando fui descartado pela Adelaide, percebi o quanto ela estava certa sobre mim.

— Alice não desconfiou de nada?

— Nada. E eu cheguei a cogitar abrir tudo para ela. Mas também não consegui. Então, foi quando comecei a evitá-la. E o único pedido que eu fiz a Adelaide foi que me ajudasse a sair do Brasil porque eu não suportaria ficar perto da Alice e não confessar tudo. Para ela, me despachar como uma mala para bem longe foi um alívio, ela providenciou tudo muito rápido. Afinal, quanto mais distante eu estivesse da Alice, melhor seria para ela também.

— E como você se sentiu durante esse último ano?

— Como o covarde que Adelaide fez questão de me mostrar que eu era. Eu aceitei ir para cama com ela, aceitei o dinheiro dela, deixei a única mulher que eu amei na vida do dia para noite, sem ter a hombridade de encará-la e muito menos de dizer a verdade em relação a tudo que tinha acontecido. Eu poderia ter feito tudo diferente, mas não fiz. E desde que saí do Brasil, era só nisso que eu pensava.

Cada palavra dita por Diego trazia à tona sua revolta. Com ele próprio, com Adelaide e, principalmente, com a sua escolha impulsiva de mudar de país acreditando que seu passado não o perturbaria pelo resto dos seus dias. Ele havia deixado muito mais do que a família e Alice para trás.

— E por que resolveu voltar, justamente agora?

— Porque eu precisava resolver as coisas, precisava ver como Alice estava. Precisava tentar recuperar minha paz, minha honra.

— E conseguiu?

— Não. A impressão que eu tenho é a de que, se antes eu achava que tinha chegado ao fundo do poço, agora eu tenho certeza.

capítulo 19

— Você ficou louca?

Enquanto tentava se esquivar das mãos de Adelaide, Diego começou a caminhar para trás e conseguiu sair de perto da porta e da chefe. Ela já estava lhe esperando e não fez a menor questão de trancar a sala.

— Cala a boca e me beija. Só por isso te chamei aqui.

Ela avançou até ele com passos firmes, conseguiu colocá-lo contra a única parede vazia. Nela, não existia quadro ou objeto decorativo. O ambiente corporativo fora idealizado em um espaço imponente. A decoração poderia ser considerada como minimalista, as poucas peças distribuídas refletiam a sobriedade da dona. A paleta de cores se resumia a marrom, preto e cinza.

— Adelaide, alguém pode entrar a qualquer momento na sua sala. E não faz isso, tira a mão daí.

— Tem certeza de que é para eu tirar? Seu corpo está dizendo o contrário.

— Aqui não, vamos para outro lugar.

Ele demonstrava preocupação, mas, ao mesmo tempo, seu corpo dava sinais de que flertar com o perigo deixava tudo mais excitante.

— Você não acha mais gostoso aqui? Que tal em cima da mesa, ainda não a usamos para nos divertir.

O veneno do caracol

Adelaide o seduzia enquanto o puxava para perto do seu corpo, já amparado pela mesa que em breve seria utilizada por eles.

— Divertir? É isso o que estamos fazendo?

— Nossa, Diego, como você consegue ser brochante às vezes. Vai continuar tentando estragar o clima?

Adelaide o soltou, desistiu de puxar sua gravata e o afastou de perto dela.

— Eu também estou com vontade de você, mas não consigo relaxar aqui.

Agora ele foi até ela, segurou seus cabelos compridos, que estavam soltos, e deu uma pequena mordida em seus lábios. A ação dele a acendeu novamente.

— Deixa que eu te ajudo a relaxar, então. Eu sei o quanto você gosta dessa posição, vem aqui.

Ela rapidamente afastou os objetos que estavam em cima da mesa e deitou-se de costas, revelando a ele, propositalmente, que não estava com nenhuma peça embaixo da saia que vestia.

— Fico louco quando você abre as pernas desse jeito.

— E o que mais você gosta em mim? — provocou.

— Seu cheiro, seu toque suave e ao mesmo tempo firme. Quando joga o cabelo de lado e me encara assim.

— Assim como?

— Com intensidade, desejo.

— E com a Alice é assim? O que você gosta nela?

— Caramba, isso que eu chamo de banho de água fria. Tinha que lembrar dela justo agora?

Diego já estava em cima de Adelaide quando ela o fez lembrar da namorada.

— Ai, Diego, como você é sensível! Foi só uma pergunta, era para deixar ainda mais divertido, mas esquece. Eu já imagino que ela não deve te satisfazer como deveria. Devo admitir que você sabe o que faz. Poucos homens com quem estive souberam usar a língua e as mãos como você.

— Você está enganada. Ela é incrível em todos os sentidos e eu a amo.

Nesse momento de lucidez, ele desceu da mesa com um único pulo.

— Ama. Eu sei o quanto a ama. Faz o seguinte, você realmente é melhor calado. Faz o que você tem que fazer e sai logo daqui — disse, sinalizando com as mãos que era para ele voltar para onde não deveria ter saído. Ela permanecia deitada, esperando para recebê-lo.

— Você não pode me usar como um simples objeto dessa maneira. — Diego se recusou a voltar, já fechando o zíper da calça social que usava.

— Hoje você está realmente mais sensível que o normal. O que houve? Alice não está te dando atenção? Estão em crise? Se quiser posso indicar um terapeuta de casal para vocês.

— Para, Adelaide. Isso não tem nenhuma graça. Realmente é melhor a gente parar por aqui. Não sei qual é o significado de diversão para você, mas eu me sinto culpado com tudo isso. Não sei como consegue agir como se tudo fosse, de fato, apenas uma brincadeira. Ela é sua filha, caramba.

— Se tem alguém para me lembrar do que eu deveria fazer como mãe, essa pessoa definitivamente não é você. Para dar qualquer lição de moral, antes a pessoa precisa pelo menos saber o que é moral. E é interessante você se sentir culpado só agora. Enquanto eu estou rebolando em cima de você sua culpa some rapidinho, né?

— Você consegue fazer com que eu me sinta pior ainda.

— Chega, Diego. Não estou a fim de ficar batendo papo. Acaba de se vestir e some da minha frente.

— Não deveríamos mais fazer isso — Diego observou, em tom reflexivo e de pesar. O que não foi considerado por Adelaide, que também já estava se recompondo com o intuito de voltar a utilizar a sala para trabalho.

— Quando eu estiver com vontade, te chamo de novo. E vamos ver se da próxima vez você termina o que começar. Sai da minha sala, agora!

...

Com um salto que quase o derrubou da cama, Diego acordou assustado naquela noite. Era mais um daqueles sonhos que perturbavam sua mente. Em meio a algumas lembranças com a ex-sogra, que se misturavam a projeções de conversas que não teve com Alice, sentia-se exausto. Aquela história lhe afetava havia tempos e, pelo visto, mesmo depois da morte de Adelaide, o fantasma da culpa ainda o assombraria. Tudo tinha sido intenso demais para simplesmente ser esquecido.

Talvez, de fato, essa possibilidade não existisse. Essa constatação o deixou ainda mais atordoado. Diego permitiu que seu corpo finalmente se encontrasse com o chão do quarto. Só queria que parasse. Culpa, arrependimento e covardia haviam se tornado parte dele. Com o tórax em contato com o piso gelado, tentou controlar seus pensamentos.

A verdade é que ele não sabia mais se precisava provar para alguém que tinha mudado. Se precisava pagar por algo que fez ou pedir desculpas, mas precisava urgentemente convencer a si mesmo de que não era o pior dos seres humanos. De tudo que Adelaide tinha dito a ele, ela estava absolutamente certa sobre uma coisa: Alice não merecia um homem como ele.

capítulo 20

3 de setembro de 2021
O vislumbre da essência

Tessália estava preocupada com a amiga, que não dava notícias havia dias, por isso resolveu aparecer de surpresa no apartamento de Alice, que esboçou seu melhor sorriso quando a recebeu em casa. Apesar de não ter dúvidas sobre o amor que sentia por Tes, era visível que Alice não estava disposta a fazer o papel de anfitriã do dia.

— Cheguei em uma hora ruim?

— Não, adorei a surpresa. Eu ia te ligar esses dias.

Depois de se cumprimentarem com o abraço caloroso de costume, Alice indicou o sofá para que elas pudessem se sentar. Havia papéis espalhados por toda a sala e o notebook estava ligado em cima da mesa.

— Alice, eu conheço você. Mas, ok, vou fingir que realmente ficou feliz em me ver porque eu quero saber notícias. Eu estava resolvendo algumas coisas aqui perto e decidi passar para ver como você está. E, pelo visto, você está atarefada por aqui também, né? — comentou, revelando que notou a pequena bagunça da amiga.

— Eu também te conheço, Tes. Você não tem nada aqui desse lado da cidade para resolver, por isso realmente agradeço a sua visita. E, sim, por isso sumi também. Tenho muitas coisas para resolver ainda.

— Não quero te atrapalhar. Podemos marcar outro dia.

— De maneira alguma. Você acha mesmo que vou te deixar ir embora antes de conversarmos um pouco e de tomarmos nosso tradicional chá das melhores amigas? Estava com saudade de você. Como estão as coisas?

— Tudo na mesma. Minha vida tem se limitado a trabalho e pouca diversão. Não passa nem perto da agitação da sua! — disse, em tom de brincadeira para tentar descontrair um pouco. E funcionou.

— Olha, o significado de intensidade realmente ganhou outro sentido para mim nessas últimas semanas — Alice respondeu, sorrindo.

— Você está se saindo bem. Como tem se sentido?

— Como dizem, nada melhor do que o tempo para colocar as coisas no lugar. Estou mais calma, tenho conseguido dormir melhor e até já comecei a ir para a empresa para definir como será o futuro.

— Fico feliz em saber disso, apesar de achar que ainda é muito cedo para você tomar qualquer decisão importante — Tes opinou, de forma sincera.

— Tem coisas que não podem esperar mais, Tes. Sei o que preciso fazer.

A convicção das palavras de Alice, somada ao tom equilibrado e tranquilo de seu discurso, fez Tessália sentir orgulho da amiga. O mundo dela havia desmoronado, mas de alguma forma ela estava conseguindo se recompor e, quem sabe, dar início a uma nova vida. Ela parecia mais lúcida que nunca, consciente do seu lugar naquele momento e de suas responsabilidades.

Embora, como profissional, soubesse que deveria indicar que fosse com calma, respeitando o seu tempo e luto, sabia também que precisaria ter outras conversas com Alice para poder acessar suas dores mais íntimas e entender qual a profundidade do rio em que a estava mergulhando. Sabia também que não estava diante de uma paciente, e que, como amiga, conhecia melhor do que ninguém o fato de que Alice fora reprimida demais para, depois da morte da sua opressora, assumir este papel. Então, mesmo entendendo ser uma decisão paliativa, julgou mais adequado incentivá-la e ajudá-la no que fosse possível para que ela pudesse se restabelecer aos poucos e de forma contínua.

— Gostei de ver a sua segurança. É isso aí, vida que segue! E posso saber o que pretende fazer de agora em diante, então?

— Claro, se eu não contar para você, acho que vou explodir! — Alice disse, revelando apenas neste momento um sorriso genuíno.

— Agradeço a confiança e estou curiosa.

Tessália logo se animou ao ver a empolgação que iluminou o rosto de Alice. Sua vibração era um convite para que ela revelasse tudo que estivesse disposta.

— Um dos pontos que ficou mais claro na investigação do Alexandre é o fato de que minha mãe estava longe de ser a empresária idônea que as revistas e jornais faziam questão de destacar. Com toda a certeza, ela injetava dinheiro nesses veículos para reforçar sua imagem de confiável, referência no mercado e toda aquela ladainha que você já sabe.

— Sinto muito por isso, amiga. No meio de tantos acontecimentos, ainda ter que lidar com mais essa bagunça deixada por ela.

— Relaxa. Depois de tudo que já descobri, honestamente, corrupção é o de menos, acredite — comentou, com ironia e sinceridade. — Me acompanha até a cozinha? Que tal aquele chá agora?

Enquanto caminhavam lentamente até o outro cômodo, Tessália continuou a conversa com algumas ressalvas.

— Imagino que esteja certa. É que é muita coisa para assimilar em pouco tempo. Corrupção é pesado também, e sei que não me contou tudo, mas não precisamos apressar as coisas. Me diga apenas o que está confortável e pronta para compartilhar.

— Obrigada por respeitar meu momento e minhas limitações também. Vai ser bom contar para alguém o rumo que as coisas estão tomando. Veja se ficou bom assim, estou testando uma nova marca e experimentado novos sabores. — E ofereceu uma xícara para a amiga enquanto complementava sua narrativa e servia alguns quitutes. — Para começar, decidi que vou vender os cinquenta e um por cento da empresa que ficaram para mim. Já conversei com a diretoria, e o atual presidente era um homem de confiança da minha mãe. Na verdade, Teodoro nem disfarçou sua alegria ao dizer "que era o melhor a ser feito". Em outras palavras, ele disse que eu não seria capaz de assumir a posição da minha mãe ou qualquer outro cargo importante lá dentro, então o melhor a se fazer seria deixar com eles, pegar meu dinheiro, e tocar minha vida.

— E no fundo, mesmo que as coisas tenham acontecido de uma maneira não desejada, era o que você realmente queria, considerando suas últimas brigas com sua mãe, certo?

— Sim. Confesso que me deu até uma certa vontade de mostrar para eles que eu seria capaz de conduzir os negócios e que faria melhor do que ela, pelo menos de forma honesta. E eles fizeram uma proposta bem interessante, vão me pagar mais do que as ações estão valendo no mercado. Então, achei melhor resolver isso logo.

— Não tenho dúvida disso, você é muito dedicada em tudo que se propõe a fazer. E acho que sua decisão, embora racional, não tenha a ver com o valor final do cheque. Estou certa?

— Sim, como sempre. — Elas riram e seguiram de volta para a sala. Alice continuou então, agora na posição que elas mais gostavam. Ambas estavam com as pernas cruzadas e de frente uma para a outra no sofá. — Aquela empresa representa tudo pelo que eu sempre tive repulsa. Não consigo nem te explicar direito, mas só de pensar em ter que ir para lá, já sentia um aperto no peito, uma sensação de ansiedade que era muito mais forte que eu. Pela primeira vez desde que nasci, me vi livre dessa herança que mais parece uma maldição. — Existia um certo alívio na sua fala, combinado com uma aceitação consciente da sua própria realidade.

— Entendo perfeitamente, Alice. E que bom que você está, inclusive, conseguindo verbalizar e colocar para fora todos esses sentimentos. Essa é uma parte importante do processo de cura interior. Também acho que você tomou a melhor decisão.

— Deixei meu orgulho ferido de lado e assumi o controle. Pouco me importa a opinião do Teodoro e dos demais diretores. Se eu continuasse, mesmo depois de morta minha mãe ainda venceria, eu estaria onde ela queria que eu estivesse. E acho que eles estavam com tanto medo da minha decisão, que fizeram uma proposta irrecusável e que vai me deixar tranquila pelo resto da vida — explicou, rindo.

— Alice, com toda a sinceridade, você não se importa com o que vão fazer com a empresa de agora em diante?

— Não. O legado que ela construiu e que fez questão de me jogar na cara a vida toda, no fim das contas, não passa disso: um contrato de venda assinado, e uma garantia de conforto. É triste reconhecer que ela não tinha mais nada o que deixar. Eu não vou dar continuidade ao seu trabalho e, ao contrário do que ela pensava, as pessoas vão se lembrar dela muito provavelmente pela forma como tudo acabou. Não pelo que ela conquistou.

— Gente, quando foi que você se tornou tão madura, sensata e dona de seus desejos assim? Perfeitas autoanálise e decisões, estou orgulhosa de você, amiga. Diferente do que eu pensei no começo da nossa conversa, não existe impulsividade em suas ações, elas me parecem...

— Calculadas, pode falar a palavra. E, sim, nos últimos dias tive tempo suficiente para pensar. Viu só, e nem precisei recorrer à minha psicóloga preferida — brincou, abraçando Tessália.

— O que você sabe que pode fazer a qualquer momento, né? Eu sempre vou estar aqui para você.

— Sei disso. Na verdade, Tes, você é a única que sempre esteve.

— Sério, Alice. Estou muito feliz por você, de verdade. Sinto que pela primeira vez está livre para ser você mesma. E acho que nunca te vi tão confiante assim sobre o que fazer. E, caramba, são decisões superimportantes! E o que você vai fazer com toda essa grana, já pensou nisso também?

— Obrigada, sinto que estou no caminho certo desta vez. Na ânsia de me despachar logo dali, já fizeram parte da transferência milionária, o que garante a compra. Eu nem sabia que existiam tantos dígitos em uma transação financeira. E, sim, hoje mesmo vou começar a reparar alguns erros. Vou enviar uma grana considerável para o meu pai, para que ele possa reconstruir sua vida de alguma forma. Não vai consertar o que ela fez ou devolver os anos que passaram, mas pode ajudá-lo a escrever uma nova história de vida, pelo menos uma mais digna. Temos nos falado, ele continua sendo um homem bom. Meus avós e tios, que minha mãe fez questão de afastar de mim justamente porque ela achava que eles queriam apenas o dinheiro dela, vou ajudar também no que for possível.

— Isso vai mudar a vida deles. É um bom plano.

— E vou destinar a maior parte da minha herança para a luta contra pessoas como a minha mãe. Quero financiar estudos, ajudar ONGs e empresas que buscam desenvolver ações para preservar o meio ambiente. Tenho lido bastante sobre como tornar o agronegócio, e em específico o cultivo da soja, mais sustentável. Durante décadas, minha mãe fez questão de burlar leis e de agir única e exclusivamente em prol da exploração de pessoas e terras que pudessem lhe render lucros e ainda mais poder. Chegou a hora de tentar reparar, mesmo que minimamente, todos estes equívocos.

— Nossa, Alice! Essa atitude diz muito sobre quem realmente você é. Me lembro perfeitamente de ver uma entrevista recente dela, na qual seus interesses e posicionamento eram claros, ela dizia que era impossível considerar os aspectos sociais, econômicos e ambientais quando se trata do desenvolvimento de produtos e serviços no Brasil. Que jogada de mestre! Você vai mostrar para todos, mesmo não estando na empresa, que é possível, sim, investir em ações sustentáveis em todo o ciclo de vida do produto, da matéria-prima à eliminação.

— Exatamente. Não sei se diz muito sobre mim, acho que é mais uma questão de justiça mesmo.

— Bom, até que você descubra mais sobre você mesma, não tenha dúvidas de que fazer o bem é um excelente caminho a seguir. Mais alguma revelação bombástica ou reparação histórica?

— Mais uma. E acho que você vai gostar de saber. Vou mudar o meu nome.

— Oi? Como assim?

— Na verdade não vou mudar, vou acrescentar. Eu não sou apenas Alice Simon, sou filha também do Otávio de Souza. Então, já estou providenciando mais uma correção e acredito que muito em breve, em todos os meus documentos, terei também o sobrenome do meu pai. Que tal, Alice Simon de Souza?

— Eu adorei! Estou toda arrepiada. — E mostrou os pelos eriçados nos braços.

— Minha mãe ia enfartar com essa decisão.

— Não me diga que fez isso pensando na reação dela?

— Não exatamente, mas eu estaria mentindo se não dissesse que existe um certo prazer em mostrar para ela, de alguma forma, que agora sou a pessoa que toma decisões sem a aprovação dela.

— Alice, não esqueça que ela não está mais aqui. Ela não pode mais te atingir, e você também não pode.

— Eu sei, Tes. Foi apenas uma constatação, mas tomei a decisão pelos motivos certos.

— Sei o quanto você sofreu com a ausência dele. Nada mais justo do que retomar este contato, recuperar o tempo que vocês perderam. Ainda são dois estranhos de certa forma, mas têm muito a descobrir, e juntos poderão construir novas memórias.

— Não sei se é possível recuperar, mas quero me aproximar dele, sim. De toda família, aliás. Acredita que descobri que minhas tias têm uma fábrica de produtos artesanais no interior? Já encomendei vários doces e bolos.

— Então isso quer dizer que a senhorita está se alimentando bem, né? Tenho te achado muito magrinha. Sei que é horrível fazer qualquer comentário do tipo "nossa, como você engordou, emagreceu", mas é que me preocupo com você.

— Estou comendo bem, aliás, até demais. E magra, sério? Ainda acho que preciso perder mais uns dois quilos.

— Sei que deve estar brincando porque não tem mais o que perder aí, amiga. Você quer desintegrar?

— Boba. O importante é que, quando essas delícias chegarem, vou separar algumas coisas pra você. E você, está bem mesmo? Ultimamente temos falado só de mim, me desculpa por isso.

— Vou cobrar esses regalos, hein?! E não tem que pedir desculpas. Com tudo que aconteceu, a prioridade é você, sim. Eu estou bem, sem novidades, na verdade. Como comentei, tenho trabalhado bastante. Como atendo em duas clínicas agora, porque meu pai me indicou para outro hospital, o número de pacientes tem me deixado sem tempo para pensar em outros aspectos da minha vida.

— E isso te faz feliz? Seu trabalho?

— Sim, sem dúvida. Eu amo o que faço e, por mais cansada que eu esteja, sempre que consigo avançar na análise de algum caso ou sinto que estou conseguindo ajudar alguém, todo esse esforço faz sentido para mim. Eu digo sempre para eles que somos cíclicos, e isso se estende obviamente a mim e à minha vida. Daqui a pouco, outras coisas vão acontecendo e tomando seu devido lugar. Por ora, estou bem como estou hoje.

— É... eu realmente não achei nada ao longo da vida que me fizesse sentir assim, completa.

— Nem o curso de psicologia?

— Nem isso. Achei que minha motivação era nobre como a sua, mas agora percebo que no fundo eu só queria me entender melhor, e não trabalhar com isso. Logo, eu preciso ser a pessoa que se deita no divã, não a que faz as análises.

— Estou adorando esse senso de humor, eu estava com saudade dessa Alice. Veja pelo lado positivo, pelo menos dessa vez você experimentou viver uma decisão sua, e está tudo bem constatar que não era o que você imaginava ou o que quer fazer pelo resto da sua vida. Quando a gente entende que nada precisa ser definitivo, tudo fica mais leve e prazeroso. E já, já você vai descobrir algo que faça seus olhos brilharem, você vai ver.

— É isso. Como a gente muda, né? E ainda bem! De qualquer forma, tenho outras prioridades agora, depois eu me preocupo em descobrir minha vocação.

Nesse momento as amigas trocaram um olhar de cumplicidade e respeito mútuo. Tes se aproximou ainda mais de Alice e pegou suas mãos de forma carinhosa.

— Isso aí, como eu sempre digo...

— Um passo de cada vez! — Alice complementou, apertando com um pouco mais de força as mãos da amiga. Beijou o rosto dela. Encostou ainda sua cabeça nos ombros de Tessália, que retribuiu o carinho.

— Exato. Adorei a nossa conversa e está tão gostoso aqui, mas preciso ir, o dever me chama. — Elas se desvencilharam uma da outra e logo já estavam em pé. — Mas, antes, posso usar o seu banheiro?

— Eu também adorei e agradeço de coração a sua preocupação e visita. Não precisava ter vindo até aqui, mas confesso que me sinto até mais leve depois de compartilhar algumas coisas com você. E vai lá, você já sabe o caminho. Corre para não se atrasar no trabalho, sua missão é linda, amiga. Se tem alguém que sente orgulho aqui, sou eu de você. E, Tes... — disse, olhando com profundidade e sem receio do que seus olhos revelariam para a amiga, que a encarou de volta.

— Diga.

— Obrigada por tudo. Nunca se esqueça de como você me fez sentir uma pessoa melhor, mesmo nos piores momentos da minha vida. Sou grata por ter você ao meu lado e, principalmente, por você me enxergar de uma forma tão benevolente. Mesmo que eu não mereça a sua compaixão, é bom ser vista assim por alguém.

• • •

Enquanto dirigia rumo ao trabalho, Tessália sentia-se em parte aliviada. Apesar de ver Alice de uma forma que a surpreendeu, algo não se encaixava na aparente segurança e estabilidade emocional que tinha acabado de testemunhar. Quando usou o banheiro na casa da amiga, sentiu um cheiro que lembrava vômito, e era inconfundível. Não viu nada de mais que confirmasse sua suspeita, nenhum resquício aparente, mas o cheiro não saía de sua mente. Talvez Alice não estivesse tão bem como fez questão de demonstrar. *Aliás, alguém em seu lugar estaria?*

Sua cabeça estava fervilhando. Eram imagens contrastantes. Pelo que tudo indica, Alice havia se encontrado em meio ao caos. Por esse viés, pensou em como, de fato, algumas pessoas precisavam experimentar os sentimentos mais violentos para poder reagir, para poder viver, assumir o controle e sair do automático. E as tragédias, no geral, eram bons gatilhos nesse sentido e cumpriam com maestria esse papel condutor de emoções. Por outro lado, embora estivesse feliz quando pensou dessa forma, sentiu-se incomodada e não sabia ainda identificar o porquê. Sabia que tudo aquilo poderia ser uma forma de autodefesa e torceu para que o primeiro cenário fosse o caso de Alice. Do contrário, quando a ficha da amiga caísse, o tombo poderia ser enorme.

Decidiu que depois voltaria mentalmente às últimas conversas que teve com Alice e às mensagens trocadas pelo WhatsApp para tentar identificar nas entrelinhas o que a amiga ainda não tinha revelado. Faria um mapeamento para cruzar as informações com suas percepções.

Com todos os traumas e acessos psíquicos recentes, Alice precisaria de tempo para reorganizar sua mente e coração. Talvez fosse esse o incômodo que Tessália estava sentindo, a sensação de que algo não se encaixava na autoafirmação e serenidade da amiga não a abandonou durante todo o dia. Quando se deu conta, depois de atender seu último paciente, Tessália estava com o celular em suas mãos e com a foto mais recente delas aberta na tela. Ela sempre achara Alice linda, desde a adolescência, que por si só é um período que não favorece muito os jovens. Abraçadas e sorridentes, ela pensou que as duas realmente formavam uma boa dupla. Alice com seus olhos azuis e cabelo vermelho, e Tessália com sua pele preta e cabelo *black power*, que representava o maior símbolo do seu orgulho em relação à sua cultura e identidade.

Sentiu um aperto no peito e decidiu que ia para casa. Descansaria um pouco e depois trabalharia em algumas anotações e análises sobre Alice. Ao longo de sua trajetória, e depois de alguns casos clínicos desafiadores, ela aprendeu a dar a devida atenção à sua intuição.

capítulo 21

— Alice, não me faça te chamar novamente. Desça logo, o jantar já está na mesa.

— Pronto, estou aqui — disse, sentando mesmo a contragosto —, mas já falei que estou sem fome, mãe.

— Não me faça essa desfeita. Olha o que mandei preparar para comemorar!

— Mãe, escargot é o seu prato preferido, não o meu. E pra falar a verdade, acho uma comida bem nojenta, não sei como você gosta tanto.

— Eu já falei outras vezes, não podemos deixar nossas tradições morrerem. E você diz isso porque ainda é nova. Quando entender que o que comemos também diz muito sobre nós, vai valorizar tudo o que te ensino

— Não é porque é um prato francês que vai deixar de ser um monte de caracóis cozidos. Acho que temos tantas outras tradições e referências da França que são melhores... Posso apenas ser uma adolescente normal e comer batata frita com algum lanche?

— Caramba, Alice. Custa muito você me fazer companhia em um jantar? Se não quiser comer, ok. Mas você sequer me perguntou o porquê da comemoração. É pedir demais uma noite agradável com a minha filha?

— Desculpa, você tem razão. Faz tempo que não fazemos nada, quero saber o motivo da sua felicidade hoje — disse, pegando o prato para se servir.

— Fui reeleita presidente do conselho! Ou seja, continuo como CEO. Dessa vez foi mais difícil garantir o apoio dos diretores, mas, por fim, eles perceberam que eu sou a melhor opção para proporcionar o crescimento que todos nós queremos a longo prazo na empresa.

— Então é isso.

— Acha pouco? Que cara de decepção é essa?

— Não é nesse sentido meu comentário. É que por algum motivo imaginei que pudéssemos comemorar qualquer coisa que não fosse relacionada ao seu trabalho. Achei que você queria que fosse uma noite nossa, de mãe e filha.

— Francamente, Alice. Você está me fazendo perder o apetite. Não consegue perceber o que isso significa para nós, nossa família? Não consegue ficar feliz por mim?

— Não precisa ficar brava, mãe. Claro que fico feliz por você. Mas você não enxerga que a empresa só diz respeito a você. O papai já foi embora, todos foram. O que eu queria mesmo é ter uma família.

— O que você quer dizer com isso?

Nesse momento, Adelaide já havia parado de comer e apenas encarava Alice de forma pouco amistosa. Ainda assim, a menina continuou:

— Que quando eu te disse que queria passar mais tempo com você, que poderíamos tentar fazer coisas normais que mães e filhas fazem, eu não estava me referindo a um jantar para falar da empresa. Eu sinto falta de você, de conversar com você, de sair mais com você. Quanto tempo se passou desde a última vez que você fez algo comigo que eu realmente gostaria de fazer?

— Pronto. Além de insensível, ausente e péssima mãe, tem mais alguma reclamação a fazer? Aproveita agora, momento ideal, já que você estragou o jantar.

— Quando foi, mãe, que nos divertimos juntas pela última vez?

— Eu não me recordo, Alice. Era isso que queria ouvir?

— Não, mãe. Acho que eu só queria me sentir sua filha. Se você gostasse de mim como gosta da empresa, talvez tivéssemos uma relação diferente.

— *Eu vou para o meu quarto. Estou cansada, e agora sem apetite. Zero paciência para discutir de novo sobre os meus sentimentos por você.*

— *É isso mesmo? Você simplesmente vai se levantar, me dar as costas e fingir que não tivemos essa conversa mais uma vez? Você é realmente inacreditável! Eu tenho poucas lembranças boas com você e, no geral, quem proporcionava esses raros eventos era o papai. Quer saber, mãe? Desisto! É impossível construir qualquer memória feliz com uma pessoa que não sabe o que é felicidade. Ai, me cortei.*

— *Bem feito. Isso que dá ficar exaltada assim, deixa eu ver esse corte.*

— *Não foi culpa minha. Você viu que eu só bati na mesa, e para não deixar a taça cair e quebrar, tentei segurá-la. Mas ela acabou se quebrando na minha mão e o vidro me cortou.*

Enquanto se justificava, Alice começou a se exaltar, e o fluxo sanguíneo parecia acompanhar a mudança do corpo dela. Adelaide logo percebeu a gravidade do acidente e se concentrou em ajudar a filha.

— *Vamos para o hospital —, disse, se movimentando para pegar sua bolsa, chaves do carro e celular. — Você se cortou próximo ao punho e está perdendo muito sangue. Deixa eu amarrar esse guardanapo de pano no lugar. Mantenha a compressão, já vou ligar para o médico no caminho avisando para te receberem assim que chegarmos.*

— *Que merda, está doendo pra caramba. E nunca vi tanto sangue, estou com medo, mãe. Não quero morrer.*

— *Fica tranquila, os melhores médicos vão cuidar de você. E você ainda tem muita vida pela frente, não será um cortezinho que vai te tirar de mim. Seja forte.*

— *Ainda bem que é aqui perto de casa. Você vai entrar comigo?*

— *O que eu acabei de dizer, Alice? Seja forte. Se eu não estivesse aqui, teria que entrar sozinha.*

— *Acho que agora não é um bom momento para me dar lição de moral ou falar de como você está se esforçando para me preparar para a vida. Eu só queria minha mãe por perto. Mas tudo bem, já entendi.*

— *Quanto drama. Na verdade, acho que será conveniente entrar com você.*

— *Conveniente? O que quer dizer com isso?*

— *Filha, só um detalhe. Quando o médico perguntar o que foi, deixe claro que foi um acidente e conte o que houve. Não quero nenhum oportunista criando teorias sobre o ocorrido, a imprensa pode deturpar os fatos e não quero você envolvida com nada negativo que possa manchar a sua imagem. Vou pedir ao hospital que não divulgue que você está lá.*

— *Você é realmente inacreditável! Eu estou sangrando, o corte parece profundo, nem sequer sabemos o que vai acontecer com a minha mão, e você está preocupada com o fato de que o médico pode achar que eu tentei suicídio? Não se preocupe, dona Adelaide. Imagina que escândalo se as pessoas souberem que a filha perfeita de Adelaide Simon talvez não seja tão perfeita assim e que, quem sabe, ela tenha motivos para tentar tirar a própria vida.*

— *Não seja cínica, Alice. Chega por hoje.*

— *Podemos ir? Antes que nem seja necessário mais? Apesar de que seria um alívio pra você.*

— *Você não sabe o que está dizendo.*

— *E você nunca vai entender como eu realmente me sinto.*

...

Enquanto alisava a cicatriz no pulso, que era seu lembrete não apenas daquele dia, mas de uma sobrevivência com marcas e cortes muito mais profundos do que aquele que era visível, Alice se preparava para dormir. Não se permitiu continuar a lembrar nem do jantar nem do acidente, ou de qualquer outra conversa ou acontecimento que envolvia Adelaide. Como bem dizia Tes, ela sabia que era necessário viver um dia de cada vez. E no caso dela, sem grandes expectativas ou esperanças.

No fundo, Alice sabia que, independentemente do que ela fizesse ou das decisões que tomasse, o seu futuro já estava condenado. O seu buraco negro não estava sendo alimentado mais apenas pela ausência, mas também por uma escuridão que, ao invés de assustar, parecia querer acolher Alice de uma forma inevitável e natural.

capítulo 22

— Teodoro Jardim, o senhor está preso. Por favor, queira nos acompanhar até a delegacia.

O advogado estava na antiga sala de Adelaide, deliberando com outros dois membros da sua equipe, quando foi surpreendido com a entrada de seis policiais armados no local.

— Como assim, preso? O que isso significa, delegado Marcelo? Essa invasão na empresa, todos esses policiais. Não existe a menor necessidade disso tudo.

Antes mesmo de o delegado responder, Teodoro se direcionou aos outros advogados que estavam na sala e pediu que se retirassem para que pudesse resolver a situação. Marcelo aguardou a saída deles para continuar sua abordagem.

— Acredito que o senhor tenha entendido perfeitamente o que está acontecendo aqui. O senhor tem o direito a…

— Conheço bem os meus direitos. E repito, não precisam usar a força e muito menos fazer esse alarde todo, não vou tentar fugir. Peço apenas que possamos sair daqui pelos fundos, da forma mais discreta possível. Se quiser me algemar, ok. Mas vamos evitar mais especulações, acredito que o delegado também não queira chamar ainda mais a atenção dos jornalistas e curiosos. E se tem uma coisa que eu não quero nesse momento é deixar os colaboradores mais perdidos e preocupados do que já estão.

— Neste ponto concordamos. Vamos sair pelos fundos e sem nenhum alarde. — Marcelo autorizou um dos seus policiais a colocar as algemas em Teodoro, que apenas se virou e não resistiu, como havia prometido. Satisfeito com a postura do advogado, ele continuou incisivo, enquanto as travas eram conferidas. — Se quiser, avise ao seu advogado para encontrá-lo na delegacia. Temos muito o que conversar.

— Vou fazer isso. Mas, antes de irmos, me dê um minuto. Só preciso pegar alguns documentos no cofre.

— Acredita mesmo que esse é o melhor momento para reunir documentos, doutor?

— Eu sabia que cedo ou tarde isso ia acontecer. Então, já me preparei, de certa forma, para o que está por vir. Sei o que vai acontecer comigo.

— Não duvido que esteja preparado. Um homem que se vale da lei e das suas aplicações para viver sabe que a conta de suas ações pode demorar, mas sempre chega.

— Só falta você falar que a justiça tarda, mas não falha. Sem sermão ou lição de moral, por favor, delegado.

— Qual a senha do cofre?

— Prefiro eu mesmo abrir.

— Você ainda não entendeu que está preso? Não está em posição de exigir mais nada. Ou me diz agora e indica o que quer pegar lá dentro, ou vamos sair daqui sem nenhum papel. A escolha é sua. — O tom de voz de Marcelo deixou claro a Teodoro que sua paciência estava no limite e que as coisas seriam feitas da forma dele, ou não seriam.

Teodoro mostrou a eles onde ficava o cofre, que era camuflado por um quadro na parede logo atrás da mesa na sala. Disse a senha e indicou para o policial que o auxiliava quais eram as pastas que precisariam levar, elas estavam separadas e organizadas em fileiras. O cofre ficou praticamente vazio, restaram ali pouco dinheiro em espécie e alguns documentos avulsos.

— Já pegamos o que precisava, podemos seguir. Vou permanecer calado e só falo a partir de agora na delegacia e com a presença do meu representante.

— Como preferir. O bom de prender advogados é que me poupa de ter que dizer o que pode ou não ser feito. Ainda mais no seu caso, sabia que era só uma questão de tempo até conseguirmos colocar as mãos em você.

Antes de sair, Teodoro pediu à secretária que informasse o seu advogado do ocorrido. Alguns funcionários acompanharam o deslocamento deles até o elevador de serviço. Por mais que tenham tentado sair discretamente, era inevitável despertar a curiosidade das pessoas que cruzavam o caminho daquele pequeno grupo uniformizado e armado.

Teodoro tentou cobrir o rosto com as mãos, com medo de ser filmado por alguém, mas se deu conta de que já era tarde demais para tentar se esconder. Logo que foi colocado no camburão, repetiu para si mesmo mentalmente o que sempre dizia a seus clientes: quando se comete um crime, é de esperar que um dia "a casa caia". Para ele, esse dia havia chegado.

...

— Alexandre? Fala, cara, como estão as coisas?

— Fala, Marcelo, por aqui tudo bem. Entre um caso de infidelidade e outro, sem muitas emoções. Aliás, o único caso que tem tirado meu sono, e confesso que isso não acontece há tempos, é o do assassinato da Adelaide Simon. E acredito que, para você ter me ligado, deve ter notícias sobre esse caso.

— Exatamente. Acabou de sair o laudo necroscópico e já sabemos qual foi a *causa mortis* da empresária. E você não vai acreditar.

— Não me deixa mais curioso do que já estou! Acho que, depois de tudo que já descobri e até das informações que já compartilhamos oficialmente, nada mais me surpreende nesse homicídio.

— Acredito que vou decepcioná-lo nesse sentido. Acho que você ficará tão surpreso quanto eu. Não preciso nem reforçar que todas essas informações são sigilosas, por isso é muito arriscado te contar tudo por telefone. Passa aqui na delegacia quando puder que te dou uma cópia sem que ninguém veja. Você acabou me ajudando com esse caso e confio em você, acho justo você saber tudo o que aconteceu antes da imprensa ou dos envolvidos.

— Caramba, realmente não deve ser nada convencional. Mas, já que começou, me adianta algo, fiquei curioso. Não vejo a hora de entender tudo que aconteceu naquela noite.

— Não é convencional, mesmo. Por curiosidade, você sabe qual é o animal mais venenoso do mundo?

— Devo ter faltado à aula de biologia. Mas eu chutaria uma cobra, talvez o escorpião?

— Seriam bons chutes, mas eu descobri também que é um caracol, acredita? Deixe-me ler o nome aqui para te falar certinho. Da espécie *Conus pennaceus*.

— Valeu pela informação, mas o que isso tem a ver com o caso da Adelaide?

— Bom, o veneno é composto de um coquetel de moléculas neurotóxicas. E só para você ter ideia, um desses compostos ou substâncias, como preferir chamar, é centenas de vezes mais potente que a morfina. E apenas uma gota desse veneno é o suficiente para matar vinte pessoas adultas. Ou seja, é preciso muito conhecimento para extrair essas toxinas e também para manipulá-las. Do contrário, até quem se arrisca a fazê-lo pode se dar muito mal no processo.

— Essa toxina foi encontrada no organismo dela?

— Exatamente. Essa foi a causa da morte.

— Olha, bem original. Por essa eu realmente não esperava, considerando a agressão física que ela sofreu.

— Mas o melhor ainda está por vir, meu amigo. O caracol-do-cone, como é popularmente chamado, não pode ser encontrado por aqui, em terras brazucas.

— E de onde veio então esse raio de veneno ou caracol?
— Ele é nativo da Austrália.
— Estou indo para a delegacia agora mesmo. Preciso ler o laudo completo.

terceira parte

*Precisamos resolver nossos monstros
secretos, nossas feridas clandestinas,
nossa insanidade oculta.*

Michel Foucault

capítulo 23

8 de setembro de 2021
Os devaneios dos justos

Depois da conversa com o investigador Alexandre e do sonho naquela mesma noite, a cabeça de Diego ficou ainda mais perturbada. Não era necessário ser um profissional da área médica para notar como sua agitação, refletida em um incessante estalar de dedos e nos movimentos coordenados das pernas, traduzia bem a sua ansiedade e medo do que estava por vir. Quem fosse mais detalhista e o conhecesse melhor, como a mãe e a irmã, perceberia ainda sua dificuldade em terminar qualquer tarefa, por mais simples e rotineira que fosse. Era cada dia mais evidente a perda de foco. Nos últimos dias, passava horas na frente da televisão, mas sem conseguir se conectar ou dar atenção a qualquer conteúdo. Talvez o barulho de vozes e conversas que não estavam dentro da sua cabeça lhe ajudasse a manter a calma de alguma forma.

O que ninguém sabia era que apenas um único assunto era capaz de fazê-lo se concentrar e canalizar toda a sua energia vital: sua vingança.

Afastado da família, da namorada, dos amigos e do seu trabalho abruptamente, Diego ficou sem a dimensão real de como a sua cabeça havia sido afetada. Fazia-se de forte nas ligações espaçadas que não abriu mão de fazer para a mãe, para não a assustar com sua ausência. Também trocou e-mails esporádicos com a irmã durante todo o período que esteve fora. E sua estratégia para manter as aparências deu certo. Elas também não faziam a menor ideia de como ele estava por dentro. Com base na história que tinha sido compartilhada, elas acreditavam que Diego havia sido impulsivo em relação à mudança de vida, mas que tinha o direito de fazer suas próprias escolhas e seguir com sua vida da maneira que julgasse ideal.

Sempre que a mãe tentava se aprofundar em algum assunto que poderia revelar sua motivação ou erros cometidos no passado, Diego inventava uma nova mentira. Na cabeça dele, era melhor assim, para que ela não se preocupasse demasiadamente com ele. Manteve-se firme nesse propósito, mostrava o que era preciso para validar suas versões e confirmar que estava bem. Com o acúmulo de conversas superficiais, a mãe preferiu dar tempo ao tempo para que, quem sabe um dia, o filho lhe revelasse suas verdadeiras motivações para tal mudança.

Por medo, de Adelaide e de si mesmo, assim que desembarcou no novo país, Diego optou por apagar suas redes sociais, não queria dar a menor brecha para a curiosidade da empresária. E com a saudade, era provável que passasse a *stalkear* o perfil de Alice e de outras pessoas para saber como estavam. Era melhor não vacilar. Sabia que, por qualquer capricho da ex-amante, ele e a família poderiam sofrer algum tipo de retaliação. E, se tinha uma coisa que Diego decidiu com convicção, era que faria todo o possível para que mais ninguém fosse afetado por essa história toda. A dor dele e de Alice já eram suficientes. Cumpriu à risca tudo que Adelaide lhe havia dito. Depois que aceitou o dinheiro dela, eles nunca mais se falaram e ele mudou de endereço algumas vezes no novo continente para evitar que fosse encontrado por ela ou por qualquer outra pessoa.

A cada mudança e recomeço, Diego se sentia mais perdido. Ele não tinha mais uma referência, um porto seguro para onde voltar. Ninguém o estava esperando. Ninguém sabia pelo que ele estava passando. A solidão era a sua única e avassaladora companhia, que cedia espaço, às vezes, para a culpa e o arrependimento. E esses sentimentos nunca são bons conselheiros. Com o passar do tempo, não foi difícil deixar fluir os mais diferentes pensamentos sobre como poderia tentar retomar sua vida, voltar ao Brasil e, quem sabe, até mesmo se desculpar com Alice. Dentro dele havia um misto de sensações que oscilavam entre os extremos "é melhor deixar as coisas como estão" e "preciso fazer algo para recuperar meu nome, minha honra". E, claro, como acabar com Adelaide era o seu pensamento mais elaborado e atrativo. Ela o havia usado e, pior, descartado. A rejeição e o orgulho ferido eram igualmente perigosos de se manter vivos dentro de qualquer pessoa.

Como parte do acordo entre os dois, Adelaide havia dado a ele uma quantia significativa de dinheiro para que tocasse a vida longe dali. Ele só não podia mais procurar as duas, o que poderia ser considerado uma troca justa, ponderando que ele tinha um mundo inteiro para conhecer, desbravar. Com essa grana, ele acabou ajudando a família, quitou a casa da mãe e deu a ela a cozinha planejada com que sempre sonhou. Na época, disse que estava trabalhando em uma grande empresa na Austrália e que seu salário em dólar australiano lhe garantia uma vida mais confortável que no Brasil. Em parte, essa atitude e o roteiro justificaram a decisão para a família, afinal quem deixaria passar uma boa oferta de trabalho, mesmo que em outro país?

Ainda que sozinho, desfrutou de bons momentos. Se não estivesse totalmente preso ao seu passado, talvez tivesse tido uma chance real de recomeçar. Viajou para o interior do novo país, aprendeu a surfar e se tornou um apaixonado por mergulho. Descobriu que na Austrália ficava a maior barreira de corais do mundo, que serpenteia pela costa do estado de Queensland por mais de dois mil quilômetros. Mergulhando, constatou pessoalmente que a grande barreira abrigava um verdadeiro desfile de arraias, tartarugas, bacalhau, garoupa, entre outros tantos animais, o que o fez se engajar na luta contra o aquecimento global. Ele já era um entusiasta do assunto, mas, como trabalhava com Adelaide — e com o envolvimento extraprofissional —, não havia se dado conta de como a empresa estava prejudicando não apenas o Brasil, mas o mundo. Passou então a consumir matérias, artigos e a frequentar eventos relacionados à proteção ao meio ambiente e a discussões em torno do que poderia ser feito para a saúde do mundo, a partir do cuidado e respeito com a natureza.

Quando estava embaixo da água, era um dos raros momentos em que ele conseguia se desligar de tudo e focar apenas em apreciar a diversidade de espécies e como se dava a vida naquele ecossistema que revelava, a cada novo submergir, uma beleza única e uma organização natural, que mostra aos visitantes como cada ser ali cumpre com maestria o seu papel. Para Diego, havia um encantamento no ato de sobreviver e de aprender a se proteger de qualquer predador que fosse. Em uma dessas ocasiões, ele foi alertado por seu instrutor a ficar bem longe do caracol-do-cone, ou de qualquer um do gênero *Conus*, que aprendeu a identificar com os nativos da região. Em um primeiro momento, mesmo que inconscientemente, passou a estudar suas toxinas, e aprendeu que poderia retirar o veneno dos caracóis vivos ou mortos. Como recompensa, sentiu-se satisfeito por conseguir isolar o princípio ativo que gostaria, depois de alguns meses dedicados ao estudo e apreciação do caracol, o que o deixava fascinado.

Ele aprendeu a respeitar cada ser vivo. E entendeu que, assim como acontece na vida, no mar nem sempre o mais forte, o mais bonito ou até mesmo o aparentemente mais poderoso vence no final. Mais do que isso, entendeu que o verdadeiro poder, ou veneno, pode ser revelado onde menos se espera, como em um caracol. Ninguém deveria subestimar os pequenos animais ou uma pessoa com sede de vingança.

Ao passo que ele avançava em suas descobertas e estudos, deixava fluir a sua imaginação e sentia-se confortável em saber que, caso um dia fosse usar o seu estoque, a vítima não sentiria dor, porque um dos efeitos do veneno era paralisar a presa. Claro que isso era comprovado em moluscos e peixes, mas, com todo o poder do veneno, certamente se estenderia a um ser humano. Quanto mais lia sobre os testes e experimentos controlados, mais a sua sensação de poder aumentava.

Agora ele tinha uma verdadeira arma, discreta, silenciosa e letal. Além da ação analgésica do veneno, o fato de que provocava reações alucinógenas o deixou ainda mais curioso e animado. Ironicamente, no caso do seu uso natural, uma presa poderia ser engolida e sentir-se nas nuvens sem sequer se dar conta da ameaça que estaria sofrendo. Diego achava genial tudo isso.

À medida que o plano ia ganhando forma em sua mente, ele se sentia menos culpado em relação ao que ainda ia fazer. Afinal, Adelaide havia acabado com a sua vida, sua honra, comprometido sua virtude, e seria justo retribuir na mesma moeda. E a ideia de deixá-la paralisada, sem reação e à mercê dele, era a que mais lhe agradava.

Embora tudo estivesse arquitetado minuciosamente, ele não contava de novo com o misto de sensações incontroláveis que invadiu seu corpo ao retornar de fato ao seu país. O reencontro com Alice e com a família somados à morte de Adelaide nem de longe trouxeram a paz que ele imaginava que alcançaria. Pelo contrário. Sentia-se ainda mais perdido que antes, e agora com alguns agravantes. Mais uma vez, ele optou por fugir. Pelo menos dessa vez, de uma forma estranha, porém reconfortante, o seu destino não era mais assustador. Ele sabia o que ia encontrar do outro lado do globo, e talvez, quando retornasse, poderia deixar de forma definitiva o passado, e as memórias recentes devidamente guardadas e trancadas a sete chaves.

Imaginou que, muito provavelmente, os deuses da mitologia grega tivessem criado a Caixa de Pandora com a mesma intenção que ele naquele momento da sua vida. Embora Diego não tivesse o poder de criar um objeto extraordinário que fosse capaz de reunir e trancar todas as desgraças do mundo, entre as quais a guerra, a discórdia e as doenças do corpo e da alma, a sua Caixa de Pandora dava a ele a mesma sensação de esperança. A possibilidade de superação da própria condição humana, a partir da evolução pessoal, era a forma de construir um mundo melhor. Depois de muito refletir sobre seus erros, decidiu. Seria uma pessoa melhor, havia uma luz no fim do túnel, que ele prometeu seguir, agora sem olhar para trás.

Decidiu não se despedir da mãe e da irmã. Sabia que, caso elas lhe confrontassem, ele provavelmente iria desabar. Suas convicções eram frágeis como o seu caráter. E, dessa vez, ele estava despedaçado de outra maneira. Esperou elas saírem para trabalhar e deixou apenas um recado escrito à mão em cima da mesa da cozinha, que dizia simplesmente:

Precisei retornar com urgência, por causa do trabalho. Depois ligo para explicar melhor. Foi muito bom passar esses dias em casa com vocês. Espero que possam me entender e perdoar por ter saído mais uma vez assim. Quem sabe um dia vocês duas possam ir me visitar na Austrália? Tem tanta coisa bonita lá para eu mostrar a vocês! Agora, diferente da primeira vez, sinto que preciso voltar para minha casa, que já não é mais aqui. De certa forma, foi bom ter retornado ao Brasil para constatar que minha vida finalmente seguiu o curso que deveria. Amo vocês e não se preocupem porque está tudo bem comigo. Assim que possível dou mais notícias sobre a minha chegada. Cuidem uma da outra, como sempre fizeram.

capítulo 24

Diego estava prestes a embarcar para a Austrália. Comprou a primeira passagem que conseguiu e carregava apenas uma mochila, que o acompanhava em todas as suas aventuras. Retirou da casa da mãe todos os seus pertences, mas, na pressa, esqueceu a mala maior no táxi, que saiu correndo para atender outro passageiro na sequência. Não se importou, entendeu como um sinal, seria até bom chegar lá e comprar tudo novo.

Outra fase, nova vida, repetia, quase como um mantra, enquanto permanecia sentado de olho nas informações sobre o voo. Ele precisava acreditar nisso. Além das pernas inquietas e de já ter praticamente perdido a flexibilidade das juntas dos dedos, passou também a olhar o relógio em seu pulso a cada trinta segundos, como se a ação fosse adiantar o tempo e fazer com que seu voo fosse anunciado mais rápido.

Quando um casal que estava próximo começou a encará-lo sem disfarçar, Diego se deu conta de como estava agitado e talvez agitando outras pessoas também. Focou em tentar controlar seus impulsos. Concentrado, não percebeu a chegada da polícia, que o cercou rapidamente com uma barreira formada por quatro homens armados e identificados por seus uniformes.

Essa chegada, por si só, rendeu aos curiosos um estranho *frisson*. Assim que anunciaram a voz de prisão a Diego, as pessoas que estavam sentadas ao seu lado e nas cadeiras próximas trataram logo de sair de perto. Ninguém sabia do que se tratava, mas também não era nada convencional ou confortável ficar perto de policiais armados e prontos para entrar em ação caso fosse necessário.

— Nada de pânico. Essa é uma operação segura, abram caminho, por favor — disse um dos policiais, que tomou frente na orientação dos passageiros ao redor. Sua voz era rouca e imponente. Não foi necessário repetir a mensagem duas vezes. À medida que eles se posicionaram em volta de Diego, ficaram praticamente isolados do resto do saguão. O mesmo policial continuou: — Diego, você está preso. Sugiro que não tente nenhuma manobra. Estamos em um local movimentado, espero que nos acompanhe sem qualquer tipo de resistência.

Atônito, Diego não reagiu. Não tinha mais forças nem vontade de lutar. Sabia que havia errado e que talvez aquele fosse o melhor fim para ele. Deveria pagar por tudo que fez, a ele mesmo, a Adelaide e a Alice.

— Não se preocupe. Não tenho a menor intenção de causar mais problemas — conseguiu dizer, com a voz baixa e sem levantar a cabeça para encarar o policial à sua frente.

— Ótimo, dessa forma é melhor para todos. Ainda assim teremos que algemar você, é de praxe.

— Poderia apenas pedir para esse pessoal aqui do lado parar de filmar? Não preciso me expor mais do que o necessário.

Como estava colaborando, o policial pediu aos demais parceiros para tentarem dispersar os pequenos grupos que se formavam mesmo que com uma certa distância. Notou que, desde a chegada deles, Diego não havia levantado a cabeça. Só olhava fixamente para baixo. Ainda assim, de canto de olho, ele havia percebido o burburinho crescente e as câmeras de celular direcionadas para si. Sentia o julgamento daquelas pessoas. Elas não sabiam o que ele tinha feito, mas já o haviam condenado.

Em uma fração de segundos, enquanto era algemado por um dos policiais, pensou em como tinha se transformado naquele homem sem vida, sem perspectivas, sem coragem de dizer a verdade. Sem coragem de encarar a si mesmo no espelho. No fundo, sentia um misto de pena e frustração em relação à própria existência. Ele havia falhado. Consigo e com todos que escolheram amá-lo. Sua mãe não o perdoaria se soubesse a verdade, não entenderia. Sua irmã sentiria medo, vergonha.

Quando foi tomado por esses pensamentos, sentiu se formar, com a mesma intensidade e repulsa, um imenso e opressivo nó em seu estômago. Era como se essa força estivesse canalizando todos os seus erros, corroendo-o por dentro. Diego já não via mais nada ou ninguém ao seu redor. Mesmo algemado, fechou os punhos com força e sentiu seu coração bater em um ritmo frenético, descompassado.

Para a equipe envolvida na missão, a situação estava sob controle. Se não fosse a presença dos policiais armados e a movimentação de algumas pessoas que estavam com os celulares nas mãos, filmando tudo e na expectativa do que poderia acontecer ali, ao vivo, seria mais um dia comum no aeroporto. Com a aceitação da prisão e a passividade de Diego já algemado, eles relaxaram a postura de abordagem e ataque. Afinal, não havia qualquer indício de que ele tentaria fugir e muito menos reagir de forma agressiva. Os policiais já não apontavam mais as armas para Diego, e apenas um deles, o que parecia ser o líder, estava próximo. Os outros continuavam dispersos, abrindo caminho e preparando-se para sair dali e cumprir a ordem de levá-lo para a delegacia, além de manter a segurança dos demais passageiros que aguardavam no mesmo ambiente.

— Todos prontos? Podemos seguir? — o líder do grupo perguntou, enquanto aguardava atento um sinal de positivo dos outros policiais para começar a caminhar com Diego rumo à saída do saguão.

— Vamos evacuar em três minutos — um dos policiais informou, que estava mais adiantado. — Precisamos esperar apenas esse grupo que acabou de desembarcar passar, para evitar mais olhares curiosos ou qualquer possibilidade de pânico de quem está chegando agora.

— Ok. Aguardo o comando final para seguir.

Mesmo distantes fisicamente uns dos outros, a equipe era alinhada e os olhares deles se procuravam o tempo todo. O líder estava em um desses momentos de troca, monitorando o grupo de passageiros que estava passando por eles, quando foi surpreendido, assim como todos que estavam ali.

Toda a apatia e aparente frieza de Diego, aos olhos de muitos, deu lugar a um estridente grito que parecia ter saído de suas entranhas. Era um som de revolta, mas também de desespero de quem sabia que não havia mais nada a ser feito. Tamanha potência e agressividade imprimidas em sua voz assustaram o policial que estava perto. Os outros, que não tiveram tempo para entender o que estava prestes a acontecer, para que assim pudessem evitar, apenas olharam de longe o desenrolar dos fatos que se seguiram.

— Não fui eu! Não fui eu! Vocês pegaram a pessoa errada!

Essas foram as últimas palavras de Diego, que ainda com os punhos cerrados e o rosto vermelho, cujas veias próximas às têmporas se destacavam em uma visível dilatação, se chocou com o policial que estava próximo, levando-o ao chão. Nesse momento, sua arma também caiu e, enquanto ele rastejava para alcançá-la, em fração de segundos o cenário até aquele momento pouco pacífico deu lugar a uma histeria coletiva.

As pessoas começaram a gritar e correr, malas começaram a cair ou a ser atropeladas por quem queria distância do possível confronto que se apresentava. Os policiais que estavam mais distantes reagiram rapidamente para tentar controlar o tumulto repentino, enquanto voltavam acelerados para perto de Diego, desviando-se da multidão descontrolada. Mas só tiveram tempo de ver o rapaz aumentar a distância entre eles quando o agora fugitivo começou a correr também.

Apesar do curto percurso, logo perceberam que Diego não tinha a intenção de sair dali. Ele alcançou a maior velocidade e impulso que conseguiu e se jogou contra o vidro que separa os passageiros que aguardam o embarque, na área interna, do avião lá fora. As algemas, que antes deram aos policiais a sensação de controle em relação a Diego, foram usadas estrategicamente, posicionadas à frente do seu corpo, e a composição de metal resistente ajudou a quebrar o vidro com facilidade. Existia dentro de Diego uma força descomunal que ansiava por redenção.

O veneno do caracol

O barulho do vidro se estilhaçando, a gritaria da polícia, que ameaçava atirar em Diego se ele não parasse, e das pessoas correndo em volta, que pareciam ter entendido finalmente que não estavam em um filme policial e que poderiam se machucar até mesmo por acidente, denunciavam o quanto a missão havia saído totalmente do controle. Com o impacto do corpo se chocando e de tiros de um dos policiais que ainda tentavam impedir Diego de pular, dois outros vidros se quebraram na sequência, aumentando o desespero dos presentes e a confusão generalizada.

Para Diego, todos os gritos, avisos e desespero de quem acompanhou de perto o ocorrido não faziam mais sentido. Ele já não ouvia mais nada, não conseguia nem mesmo raciocinar. Sequer seu instinto de sobrevivência o alertou de que o que ele acabara de fazer era um mergulho no vazio definitivo. Durante a queda de cinquenta metros, ele sentiu o bafo quente da temperatura contrastante com a do ar-condicionado do saguão na sala de embarque. Sentiu ainda a pressão e o vento que pareciam esmagar o seu corpo. O único pensamento que lhe ocorreu foi que ele poderia morrer antes mesmo de chegar ao chão, já que lera certa vez que, quando o cérebro percebe que o corpo está em queda livre, o susto faz o coração sofrer uma espécie de curto-circuito, em forma de ataque cardíaco. Mas isso não aconteceu. Poucos segundos depois, ele estava no chão.

Definitivamente, pelo que tudo indicava, seu cérebro e sua alma estavam em comum acordo de que ele deveria sofrer. Sentia faltar o ar e, em seus últimos minutos com vida, a dor era insuportável. Ali no chão, sozinho e com boa parte dos seus ossos quebrados, não estava com medo, seu sentimento mais familiar. Ouviu de longe pessoas correndo em sua direção, gritando por socorro, como se alguém pudesse ajudá-lo. Ele ainda estava consciente o bastante para saber que havia tomado a melhor decisão. Na guerra em que tinha entrado, e que parecia nunca ter fim, já havia um vencedor, e não era ele. No fundo, ele sabia que, mesmo se tivesse conseguido fugir mais uma vez, muito provavelmente não encontraria a paz de espírito que buscava. Talvez agora ele a encontrasse.

capítulo 25

Demorou menos de uma hora para que praticamente todos os veículos de imprensa no Brasil relatassem a trágica morte de Diego em seus canais, com o apoio de vídeos e áudios que eram compartilhados por quem havia presenciado tudo em tempo real no aeroporto. Logo as especulações foram ganhando forma, força e muitas versões. Isso porque não foi difícil associar Diego a Adelaide. E o fato de o antigo funcionário e namorado da filha também morrer, pouco tempo depois, era um acontecimento novo que dava margem para qualquer pessoa achar que essa história seria mais complexa e interessante do que haviam sugerido antes.

Claro que, em um primeiro momento, pouco se sabia do que realmente havia acontecido ali e muito menos de tudo o que estava envolvido. Mas a movimentação da polícia e dos jornalistas no Aeroporto Internacional de Guarulhos indicava que se tratava, no mínimo, de uma investigação que provavelmente renderia primeira página para os canais especializados em cobertura policial. E, à medida que o assunto ia ganhando projeção e se espalhava com a velocidade da internet, mais pessoas tentavam conectar as histórias. Afinal, por que ele estava sendo preso? Por que tentava sair do país? Por que preferiu o suicídio se disse que estavam pegando o cara errado?

Vários voos precisaram ser cancelados para que a polícia pudesse fazer seu trabalho e retirar o corpo dali. A essa altura, certamente sua família, amigos e até mesmo as pessoas da empresa já sabiam do ocorrido. Alice era uma dessas pessoas. Parada em frente à televisão, imóvel, tentava encontrar o ar que subitamente fora retirado da atmosfera do seu apartamento. Depois de alguns minutos para processar o que tinha acabado de ouvir, caminhou até a cozinha e sentou-se no chão. A ideia era pegar um copo d'água, mas desabou antes de conseguir concluir a ação.

Como tudo aquilo poderia estar acontecendo? Era tudo muito surreal, muito assustador e... tudo verdade.

Em nenhum momento, desde que havia descoberto toda a verdade, cogitou voltar com ele. Alice sequer sabia se algum dia conseguiria perdoá-lo. Mas também não desejava a sua morte, muito menos naquelas circunstâncias. Ninguém merecia um final tão trágico, solitário e condenador. *Nem mesmo Diego.*

Talvez o impacto da notícia e a compreensão dos acontecimentos tenham feito Alice se lembrar do lado bom de Diego. De como ele a fez se sentir viva, confiante e especial. Ela já havia vivido o suficiente para saber que ninguém é totalmente bom ou ruim. Que, no geral, as pessoas permeiam o tempo todo os dois lados, mas que se entregam mais a um do que ao outro, por meio de suas escolhas e atitudes. E é isso o que conta no final e define quem você é. Alice pensou então que, em alguns momentos, era justificável o que ele havia feito. E isso aconteceu quando o viu como uma vítima, assim como ela. E pensar assim a deixou ainda mais triste. Tirar a própria vida era o ato mais desesperado que alguém poderia cometer.

Em seu apartamento, sozinha e emotiva, Alice oscilava em sua linha de raciocínio. Mas o que prevaleceu foi a constatação de que as coisas realmente poderiam ter sido diferentes, como Diego havia dito tantas vezes. *Se ele tivesse tido coragem de me contar desde o início, poderíamos ter fugido da minha mãe.* Mas, quando entrou nessa seara de pensamentos perigosos que são induzidos por gatilhos sentimentais, a complacência deu lugar a uma lucidez súbita que a tomou por inteiro. A verdade é que Alice sabia que, mesmo se ele tivesse lhe contado tudo, provavelmente poucas coisas teriam sido, de fato, diferentes. Com Adelaide por perto, ou mesmo longe, mas viva, não haveria lugar no mundo que pudesse garantir ao casal viver em paz e com segurança. *Ela nunca permitiria que seguíssemos com nossas vidas. Agora eu sei disso.*

Com o sentimento de impotência, vieram também as lágrimas. Alice não tentou contê-las. Deixou fluir, de dentro para fora, tudo que lhe esmagava o peito. O choro copioso era a representação da enxurrada de sentimentos dentro dela. Embora em grande volume, nem mesmo aquele pranto seria capaz de lavar sua agonia. O que mais doía naquele momento era saber que o maior erro de Diego, mesmo que na época ela também não tivesse noção disso, não estava relacionado ao seu caráter duvidoso ou a sua falta de coragem para enfrentar os seus medos. Era ter se apaixonado por ela. Por mais doloroso que fosse admitir, a vida de Diego não tinha acabado ali, naquele aeroporto. Tinha acabado quando ele beijou Alice pela primeira vez.

capítulo 26

Desde a ligação de Marcelo, Alexandre praticamente não saiu mais da delegacia responsável pela investigação da morte de Adelaide. A reclusão só foi interrompida quando os dois foram informados do suicídio de Diego na quarta-feira, logo no final da manhã. Como acompanhou tudo desde o início e suas conversas e trocas com Marcelo ajudaram o delegado a conectar os acontecimentos, Alexandre já estava envolvido demais no caso para simplesmente aguardar a conclusão em seu escritório. Ele sabia, assim como os demais ali, que o jovem seria trazido para interrogatório, e ficou surpreso ao receber a notícia de sua morte. Sentiu pena de Diego. Ele preferiu se matar a ter de se defender. Pensou em como algumas pessoas, quando encurraladas e pressionadas, acabam optando pelo caminho que julgam mais fácil sem perceber que existem outras possibilidades, outras decisões, outras pessoas lutando por elas.

Totalmente absorto em seus pensamentos, o investigador estava concentrado e sentado à frente do delegado. Sem trocar uma palavra, ambos pareciam compartilhar da mesma linha de raciocínio que desvendava e encerrava o caso, o que o deixava ainda mais inquieto e admirado. Mais uma vez, entenderam que as aparências podem enganar e que o óbvio nem sempre revela a verdade por trás dos fatos.

Teodoro havia conseguido, através de um *habeas corpus*, acompanhar o seu processo e defender-se das acusações de corrupção em liberdade. Passou apenas uma noite preso e, antes de ser solto, ainda agradeceu Alexandre e Marcelo por terem se empenhado em encontrar as respostas. Fosse sincero ou não, de certa forma, Teodoro estava aprisionado antes; foram anos ao lado de Adelaide, compactuando com seus planos e cobrindo os rastros da chefe. Então se colocou à disposição da justiça para ajudar no que lhe cabia na apuração dos fatos e na entrega de provas. Ele, como advogado, sabia melhor que ninguém que o fato de arquitetar intervenções políticas e diplomáticas, principalmente em órgãos públicos, com o intuito de beneficiar a si mesmo ou a empresa que representava, renderia-lhe muitos problemas e, inevitavelmente, alguma punição. Através da apresentação de vários documentos que ele reuniu e prints de conversas com a ex-chefe e outros envolvidos, Teodoro tinha total consciência de que cedo ou tarde teria que apresentar a sua defesa para atenuar sua pena.

Recorreu ainda à delação premiada junto ao Ministério Público. Decidiu que ia colaborar com as investigações, ao abrir mão do seu direito ao silêncio, para receber em troca alguma vantagem, que ele sabia que dependeria do grau de sua colaboração e informações fornecidas. O acordo seria homologado posteriormente pelo juiz, que ao julgar os fatos e avaliar o grau de colaboração do acusado, iria determinar o tipo de benefício a ser concedido. Teodoro sabia que, no caso dele, não seria possível a extinção da pena ou perdão judicial; ele estava envolvido demais. Mas almejava conquistar, pelo menos, diminuição da pena ou, quem sabe, o direito de poder cumpri-la em regime semiaberto.

Independentemente das motivações particulares que o fizeram aceitar a primeira oferta de Adelaide no passado, havia tomado decisões erradas e precisava se valer de tudo que pudesse ajudá-lo a reconstruir sua vida e carreira de agora em diante. Apresentou sua argumentação com base no fato de que pagar propina não é considerado um crime. O tipo penal prevê apenas oferecer ou prometer vantagem indevida. Considerando principalmente que Adelaide não estava viva para se defender, reforçou em sua defesa que, ao utilizar uma vantagem indevida, custeada por outra pessoa, deveria responder como os demais investigados, em sua maioria servidores públicos, por corrupção passiva.

Em posse do relatório com a transcrição de algumas trocas de mensagens, bem como a apresentação do próprio advogado das últimas conversas entre os dois, os investigadores não tinham dúvida de que o advogado não estava envolvido na morte de Adelaide. Todas as ligações, ameaças e brigas se davam em função do fato de Adelaide não aceitar que Teodoro saísse do esquema. Cada vez mais envolvido com as mentiras e planos dela, além de acuado, ele sabia que cedo ou tarde algumas dessas manobras seriam descobertas. Mas sabia também que já estava atolado até o pescoço em mentiras e manipulação. Por isso, tratou de assumir como CEO o mais rápido possível. Achou que teria tempo de "arrumar a casa", mas isso não aconteceu. Ele seria julgado por suas infrações da mesma forma que Adelaide e Diego deveriam ser. Mas ele era o único que teria a chance de pagar por seus erros e, principalmente, de recomeçar.

. . .

Assim que Marcelo finalizou uma ligação com um dos seus agentes que estava em campo e acompanhava tudo do aeroporto, Alexandre precisou deixar seus pensamentos de lado para se concentrar no amigo que, ainda com o celular em mãos, recebeu um envelope que tinha acabado de ser entregue na delegacia, segundo sua assistente. Escrito à mão, o envelope pardo deixava claro as instruções de que só deveria ser aberto pelo delegado, que assim o fez. Havia um pen drive dentro, que logo foi conectado ao computador da sala.

No vídeo revelado, Diego e Alice estavam conversando na casa dele. Não era uma conversa cotidiana, muito pelo contrário. Depois de assistirem juntos a quase trinta minutos da gravação caseira, que nem sempre conseguia focar nos dois como deveria, muito provavelmente por se tratar de uma câmera escondida, todas as incógnitas, que antes convidava investigador e delegado a mergulharem no desconhecido, se revelaram. Era fato que Diego resolveu fazê-lo porque de alguma forma imaginava que as coisas poderiam sair do controle, o que realmente não demorou a acontecer. Dentro do envelope encontraram ainda um bilhete, escrito com a mesma letra do remetente, que, mais tarde, descobriram ser de Diego:

Delegado, se você recebeu este envelope é porque estou morto. Preso, eu mesmo contaria tudo, mas a prisão realmente não é opção para mim agora. Me tornei um cativo nesse último ano e não suportaria um novo cárcere. Neste vídeo, fica clara a minha participação em tudo isso, e o que é responsabilidade de quem. Sinceramente, nesta altura da história, acho que não cabe mais procurar por culpados, apontar erros e acertos. Cada um de nós tem sua parcela de contribuição. De uma forma ou de outra, nos unimos para chegar a esse desfecho que vocês acompanharam. Espero apenas que a justiça seja feita e que ninguém mais se machuque. "A principal e mais grave punição para quem cometeu uma culpa está em sentir-se culpado."

Assim que terminaram de ler o recado de Diego e a última frase que ele usou, de Sêneca, mestre da arte da retórica e magistrado da justiça criminal durante o Império Romano, os dois já estavam em pé na pequena sala. É claro que, posteriormente, o vídeo e o bilhete passariam por uma perícia para comprovar que não foi editado ou manipulado. Mas, por ora, eles já sabiam tudo que precisavam saber. As peças, antes soltas e pouco claras, se encaixavam de uma forma absurdamente natural. Como se não houvesse outra forma de acontecer.

Enquanto o delegado prendia sua arma na cintura e solicitava o reforço de mais dois policiais, Alexandre parecia estar em uma espécie de transe. Já no carro, e a caminho do destino que ele conhecia bem, Alexandre só conseguia pensar em como havia se enganado. E sobre como, às vezes, a verdade é tão simples que chega a ser translúcida. Deixa passar luz suficiente, mas não permite que tudo que esteja em seu interior seja percebido com a mesma nitidez.

capítulo 27

Alice Simon
O começo do fim

Quando chegaram ao apartamento de Alice, os policiais acompanhados do investigador Alexandre ficaram atordoados. Alice estava irreconhecível. A mulher que abriu a porta para eles não lembrava, nem de longe, a pessoa que eles esperavam encontrar. Com o cabelo preto e corte Chanel, no entorno dos olhos azuis havia contornos bem definidos de lápis também preto. Estava ainda surpreendentemente bem-vestida, considerando a forma como eles estavam habituados a vê-la. O vestido de linho com decote destacou a silhueta do corpo bem definido. O batom vermelho e a maquiagem impecável revelavam ainda que alguns minutos foram dedicados para chegar àquele resultado.

Ao vê-la daquele jeito, chegaram a cogitar que ela estava pronta para sair e ir para algum lugar que exigia traje a rigor, mas essa ideia foi logo descartada. Ela simplesmente os aguardava. Chegou a oferecer café, mostrando-se receptiva. De todas as vezes que a tinham encontrado, aquela era, sem dúvida, a que mais evidenciava a transformação interna e física de uma pessoa que parecia ser outro personagem em um enredo de uma história de terror.

Depois de breves, porém profundos momentos de análises e reflexões, o delegado buscou a melhor forma de lidar com aquela situação. Contou a ela sobre o vídeo a que tinham acabado de assistir, além de ter em mãos o laudo da necropsia. A única reação dela foi esboçar um sorriso que não ultrapassou o canto da boca e dizer que "finalmente ele teve alguma atitude", referindo-se ao fato de Diego ter deixado uma prova contundente, caso acontecesse algo com ele.

— Imagino que você saiba o que vai acontecer agora, certo? — Marcelo perguntou, com a fala cadenciada e o olhar desconfiado.

— Sim. Estava aguardando vocês, até demorou um pouco mais do que eu esperava, considerando que eu sabia que o laudo da necropsia já havia sido emitido.

— Recebemos há alguns dias o laudo, mas precisávamos reunir todas as provas para resolver o caso e divulgar informações definitivas.

— Imagino, tem muita gente lá fora que não vê a hora de você se pronunciar, delegado.

— Sim. O caso tomou uma proporção nacional. O fato é que agora, com tudo que temos e o vídeo, não resta mais nenhuma dúvida em relação ao que aconteceu naquela noite com a sua mãe.

— Que bom, assim poupamos mais esse desgaste desnecessário e vocês podem encerrar o caso com sucesso, de uma vez por todas.

— Na verdade, Alice, você poderia ter nos poupado tempo e trabalho desde o início — Alexandre comentou, intervindo no diálogo que se desenrolava à sua frente. Ele ameaçou avançar rumo a Alice para que pudessem ficar frente a frente, mas Marcelo o conteve rapidamente.

— Investigador, com todo o respeito, eu precisava de tempo para colocar algumas coisas em ordem. Sem contar que, como você mesmo percebeu, era preciso descobrir tudo sobre ela. Uma investigação formal se limitaria à resolução do assassinato. E eu não conseguiria fazer tudo isso sozinha — Alice respondeu, desviando-se do olhar inquisitivo dos dois.

— Você me usou para conseguir o que queria. Apenas entreguei de bandeja as informações que você desejava.

— Alexandre, é visível a sua decepção. Mas posso perguntar por quê? O que mais te incomoda, o fato de eu não ter te contado tudo ou de você, assim como o resto da humanidade, me subjugar? — Agora, sim, Alice fez questão de encará-lo profundamente.

— Você acha que mudar o cabelo ou a forma como se veste te faz ser diferente dela? Pelo visto, mentiras e manipulação estão no DNA dessa família!

Desde que os dois homens haviam chegado ali, foi a primeira vez que Alice baixou a guarda, mesmo que por um instante. Ela e Alexandre continuavam a se encarar profundamente, inclusive como se não houvesse mais ninguém no apartamento. Com a postura incisiva do amigo, Marcelo achou melhor interromper o que quer que aquilo fosse. Conhecia aquele olhar, sabia que Alexandre estava prestes a perder o controle. E, considerando a imprevisibilidade da nova Alice, aquele acerto de contas poderia terminar da pior forma possível.

— Alexandre, sua participação no caso termina agora. Peço que se retire; seguiremos daqui. Aguarde o meu contato e não volte a se comunicar com a Alice. Tudo isso já não importa mais, Alexandre. E ela terá tempo e a ocasião certa para se explicar e registrar os devidos esclarecimentos. — Marcelo foi incisivo.

— Bom, eu adoraria continuar aqui conversando com vocês dois. Mas podemos ir logo? Parece que teremos ainda muito trabalho a fazer. — Alice retomou o que parecia ser seu novo tom de voz, sólido e corrosivo.

Com essa resposta cínica, Alexandre saiu do apartamento, ainda com os punhos cerrados e olhos arregalados, sem sequer trocar uma palavra com Marcelo ou com os demais policiais. Mesmo à distância, todos escutaram os murros que ele deu na parede do corredor, enquanto aguardava o elevador chegar. Sua raiva era alimentada por uma falsa sensação de traição, somada ao fato de não ter se dado conta de como Alice estava distante de ser quem ele havia imaginado. Como lembrou

Marcelo, não havia mais nada que ele ou qualquer outra pessoa pudesse fazer. Os fatos falavam por si, e o que restava a Alexandre era se conformar por ter sido usado como uma peça de um jogo maior.

Marcelo respirou fundo e voltou o seu olhar para Alice, que já havia recuperado a postura inabalável e que quase nada revelava sobre os sentimentos por trás daquela imagem confiante e destemida. A Alice que tinha conhecido havia pouco mais de um mês, definitivamente, não era aquela mulher à sua frente. De uma forma estranha, a doçura e a ingenuidade foram substituídas por postura e ações que combinavam totalmente com aquela estranha. Toda essa sensação de Marcelo era potencializada pelo fato de que Alice parecia não se importar com mais nada. E, ao mesmo tempo, era como se absolutamente tudo tivesse saído conforme ela havia planejado.

— Deseja ligar para alguém para encontrá-la na delegacia? Seu advogado, talvez? — O delegado quis saber, com o intuito de alertá-la.

Ele sabia que toda aquela nova imagem poderia ser facilmente desconstruída com a pressão popular que ela enfrentaria dali em diante. Toda segurança forjada é vacilante. Assim que os jornais tivessem acesso ao desenrolar dos acontecimentos e à conclusão da investigação, certamente não se falaria em outra coisa no país. Afinal, com duas mortes ligadas ao caso e uma série de acontecimentos que ninguém havia considerado antes, incluindo corrupção ligada ao nome de Adelaide, queda do CEO temporário da empresa dela e acordos com órgãos fiscalizadores, a história deles provavelmente ficaria em evidência por um bom tempo na mídia, principalmente nos veículos sensacionalistas.

— É, pode ser. Mas ele também já está ciente. Deixei-o alertado quanto à visita iminente que você faria — Alice informou.

— Pelo que vejo, você se preparou muito bem para esse momento.

— Para minha ausência, na verdade, delegado. Não existem mais pendências na empresa que estejam relacionadas a mim. Assinei todos os documentos e liberações legais quanto ao descarte das cinzas da minha mãe. E, principalmente, deixei instruções claras quanto ao que meu advogado terá que fazer de agora em diante, através de uma procuração, que também já foi devidamente preparada para que ele pudesse seguir com os planos.

— Acredito que vocês devem entrar com o pedido de incidente de insanidade, estou certo? Seria justificável entrar com a solicitação do procedimento para verificação, através de perícia médica, da saúde mental da ré no processo penal.

— Eu sei do que se trata e o que preveem os artigos 149 a 154 do Código de Processo Penal, que definem que pessoas que não tenham capacidade mental de entender que cometeram um crime sejam punidas. E sei que, nesses casos, a lei prevê a aplicação de medidas de segurança, principalmente através de internação ou de tratamento ambulatorial. Mas acredito que não se estendam a mim.

— E posso perguntar por quê? — o delegado insistiu, tentando entender até onde Alice iria.

— Porque eu estava consciente, e ainda estou, em relação a tudo que eu fiz. Podemos ir agora?

capítulo 28

Ao assistir ao vídeo completo, depois de muito implorar ao delegado do caso por quase dois meses após a prisão de Alice, e de se comprometer a não divulgar absolutamente nada a respeito, Tessália estava estarrecida. Ainda em estado de choque na sala do delegado, seu rosto petrificado conseguia refletir em parte todo o espanto dela com o que tinha acabado de ver.

Marcelo conseguia ler as entrelinhas das suas expressões. Reconhecia de longe a frustração de uma pessoa que acreditava que poderia ter feito algo para evitar uma tragédia. Primeiro, como amiga de anos de Alice. Depois, como profissional, que não percebeu tudo que estava acontecendo com uma pessoa do seu convívio e a quem ela amava. Tessália não estava nem um pouco preocupada em esconder suas emoções. Seus pensamentos flutuavam intensa e desordenadamente. Qualquer que fosse sua conclusão, o ponto em questão é que não havia nada mais a ser feito. Nada que ela pudesse mudar.

E o delegado sabia também, depois de presenciar dezenas de casos tão intensos quanto, que baques como aquele geralmente mudavam de forma definitiva a vida de uma pessoa. E enquanto ela se levantava vagarosamente para ir embora, pensou se Tessália teria forças suficientes para continuar no exercício da profissão e para perdoar a si mesma por não ter ajudado a amiga como julgava ser possível. E essa dúvida também ganhava força na cabeça dela. Cada membro do seu corpo, cada veia, parecia pulsar como se quisesse colocar para fora tudo que não conseguia controlar por dentro. Quando conseguiu caminhar para a saída da delegacia, precisou de dois ou três minutos ainda na porta para se recompor e sair definitivamente dali. Algumas pessoas que passaram ofereceram ajuda, que ela recusou com um balanço sutil da cabeça. Não queria falar com ninguém.

Desde a prisão, Alice se negava a receber qualquer pessoa, inclusive Tessália. Ela mantinha contato apenas com o advogado, que se tornou seu representante legal em todas as esferas. O máximo que Tes recebeu foi uma mensagem dele dizendo que Alice havia pedido que a informasse que estava bem, e que no momento certo ela receberia a visita da amiga.

Tessália só conseguia pensar que, não, Alice não estava bem. Ela não estava. Os últimos dois meses haviam sido um verdadeiro inferno na vida de Tessália, que passou a se questionar sobre tudo e todos à sua volta. Quem seria o próximo a cometer um erro sem volta? Será que ela havia conseguido ajudar alguém de verdade com seu trabalho? Seus demais amigos e seus familiares, eles realmente estavam bem ou, assim como Alice, apenas aprenderam a fingir que estavam? Mais do que isso. Do que adiantou anos de dedicação, estudos e atendimentos, se ela não conseguia identificar em uma pessoa tão próxima transtornos mentais e psicoses, que são uma combinação perigosa de pensamentos, percepções, emoções e comportamento anormais?

É claro que ela sabia que os determinantes da saúde mental e de transtornos mentais incluem não só atributos individuais, como a capacidade de administrar os pensamentos, as emoções, os comportamentos e as interações com os outros. Mas estão ligados também aos fatores sociais, culturais e econômicos, à proteção social, ao padrão de vida, entre outros aspectos. E, se tratando principalmente da relação de Alice com a família, em especial com a mãe, esses atenuantes poderiam ser de certa forma um gatilho perfeito. Talvez até mais por saber disso, presenciar e dividir tanta coisa, Tessália sentia que, no mínimo, deveria ter identificado o grau de sofrimento emocional da amiga. Sem contar que ela conhecia também Adelaide e, embora não soubesse de tudo que ela era capaz de fazer, sabia como ela tratava a filha. E transtornos psiquiátricos podem estar vinculados também a questões de herança genética.

Pensou em como tudo ia se encaixando. Afinal, as doenças psiquiátricas são caracterizadas como o comprometimento das funções cognitivas. Elas são desencadeadas por múltiplos fatores e podem surgir em qualquer indivíduo e em qualquer fase da vida. E a maioria desses desequilíbrios que afetam a estabilidade da mente estão amplamente associados a doenças emocionais crônicas como crises depressivas, ansiedade patológica e distúrbios de personalidade.

Quando achou que estava conseguindo progredir em sua linha de raciocínio e sentiu-se melhor fisicamente para continuar caminhando rumo ao seu carro, que estava estacionado a duzentos metros da delegacia, Tessália sentiu um novo golpe de suas lembranças e precisou parar novamente para tentar puxar o ar que faltava para prosseguir. Quem encostasse em qualquer parte do seu corpo naquele momento se assustaria com a sensação gélida. Lembrou-se de algumas ocasiões espaçadas em que presenciou Alice recusar comida, e das vezes em que achou que a amiga estava magra demais, mas que pensou ser apenas um cuidado excessivo com a sua imagem em função da cobrança da mãe, nada além disso. Nitidamente, como se o véu que lhe cobria a face tivesse sido retirado, ela concluiu com pesar que Alice estava sofrendo em silêncio havia tempos e que teria ainda algum distúrbio alimentar. Uma das doenças ligadas ao desequilíbrio psiquiátrico é a anorexia nervosa, um problema caracterizado pelo emagrecimento intencional resultante da recusa de ingestão dos alimentos. Como se pudesse ouvir os comentários de Alice em conversas passadas, não restou dúvidas quanto ao fato de a amiga ter desenvolvido uma visão distorcida da própria imagem no espelho. O medo de engordar sustentava seus outros fantasmas.

Agora, quem não conseguia controlar a ânsia de vômito era Tessália. *Quantos sinais Alice tinha dado? Quantos pedidos de socorro foram feitos silenciosamente?* Ela queria gritar, queria poder ter a chance de voltar ao passado e fazer algo pela amiga. Se tivesse entendido tudo isso antes, talvez a história tivesse tido um final diferente para todos, principalmente para Alice, a quem considerava como uma irmã.

Quando finalmente entrou no carro, apenas chorou. Não tinha força para gritar. Não tinha ânimo para dar a partida. Só conseguia pensar que tinha sido uma péssima amiga e uma profissional questionável, que, absorta em sua própria rotina e dilemas pessoais, não conseguiu enxergar o que via. Sentiu uma vontade imensa de abraçar Alice, pedir perdão. Mas sequer isso conseguiria fazer, já que Alice estava decidida a não a ver.

capítulo 29

No vídeo a que Tessália tinha acabado de assistir, Diego e Alice protagonizaram uma conversa difícil e repleta de revelações. A começar pelo fato de que quando ela o pressiona, finalmente, Diego lhe conta toda a verdade. Foi assim, da boca dele, que Alice descobriu que ele e a mãe haviam tido um caso.

— Estou com tanto nojo de vocês dois. Eu era motivo de piada quando vocês estavam na cama? Responde, seu filho da puta!

— Alice, eu sei que não tem desculpa. Tudo que eu fiz... só imploro o seu perdão. Você é melhor do que isso tudo, do que nós dois. Nem eu nem a sua mãe merecemos o seu amor.

— Amor, Diego? Você não sabe o que essa palavra significa.

Nesse momento, ele se ajoelha no chão, chorando, e tenta se agarrar nas pernas de Alice.

— Não encosta em mim! Como eu fui idiota, esse tempo todo achei que eu tinha errado com você. Que eu poderia ter sido uma namorada melhor. Mas agora eu entendo a sua motivação real para deixar tudo para trás e ir embora.

Diego ainda tenta justificar suas atitudes e até mesmo a falta delas. E, sem dizer uma só palavra, Alice acerta um tapa na cara dele, que não reage. Ele continua no chão, agora em posição fetal.

A sequência é ainda mais pesada. Diego revela a Alice que havia planejado uma vingança contra a ex-sogra, e que voltou ao Brasil justamente porque estava determinado a concluir seu plano. Mas que, ao vê-la naquele restaurante, havia se arrependido e se deu conta de que só desejava o perdão de Alice para seguir adiante. Então, Alice não consegue conter a risada estridente. Era perceptível que se tratava de um riso nervoso de descrença. Ainda assim, era também um indicativo da sua decepção acumulada. Ali, para quem a conhecia minimamente, estava estampado em seu rosto o alerta de que, caso ele não o fizesse, ela o faria.

Em nenhum momento durante toda a conversa, Alice se preocupou em conter suas emoções. Aliás, talvez pela primeira vez, Tessália — e quem mais teve acesso ao vídeo — a tenha visto como ela realmente era. Sem podas, sem amarras, sem estratégias ou necessidade de convencer. Alice estava com o rosto vermelho, os olhos azuis pareciam dar sinais de que poderiam saltar da órbita ocular a qualquer momento. Sua feição, movimentos e até mesmo ira poderiam confundir quem estava do outro lado da tela. Alice nunca se pareceu tanto com Adelaide.

Tessália pensou, enquanto assistia, que Diego havia despertado em Alice sentimentos que ela mesma desconhecia. Ou que julgava desconhecer, com base no que costumava pensar sobre a amiga. Era como se Alice fosse duas pessoas completamente distintas. Um amor interrompido e projetado, que se revelou uma farsa regada a traições e motivações doentias. A bomba-relógio sempre esteve programada.

Viu a amiga se exaltar, levantar a voz e, em diferentes momentos, se tornar agressiva. Diego precisou segurá-la firme duas vezes porque ela havia ido para cima dele para lhe atingir o rosto com socos e tapas.

Enquanto a gravação se desenrolava, Tessália só conseguia pensar em quem era aquela mulher agressiva do vídeo. Qual era a verdadeira Alice? Independentemente da versão que se apresentava, a inteligência se mantinha. Quando percebeu que ele não faria nada para resolver aquela situação, muitos menos o que se propôs quando voltou ao país, nitidamente Alice mudou a sua estratégia. Adotou outra postura, que lembrou a pessoa com quem Tessália havia convivido praticamente toda a sua vida.

Ainda assim, a versão polida e sensata deixava explícito o seu foco de interesse, que não era mais Diego. Ele, sem saber como lidar com o interesse repentino dela, tentou argumentar que durante os últimos meses alimentou e sentiu muita raiva de Adelaide, mas que aquilo tudo só o consumiu, o cegou.

— *Depois de tudo, Alice, não quero transferir mais esse peso para você. Não tenho dúvida de que essa história que eu planejei é um erro.*

O que Diego não havia entendido ainda é que era tarde demais. Não apenas a sua raiva parecia ter sido transferida para Alice, mas sua sede por vingança também. Alice respirou fundo e, aos poucos retomou o controle de suas emoções mais íntimas. Disse a Diego que, quando se reencontraram no restaurante, ele havia prometido a ela que resolveria tudo, colocaria as coisas no lugar.

— *Você não vai cumprir mais essa promessa que me fez?*

— *As coisas mudaram, Alice. Não precisamos mais agir com foco no ódio, podemos ser diferentes.*

— *Já estou acostumada a ser enganada por você. Como deseja ser perdoado se você continua fazendo as mesmas coisas?*

Sem se exaltar, apesar do que tinha dito, Alice desarmou Diego, que absorveu cada palavra com a mesma dor que sentiu com o tapa que recebeu antes.

— *Me escuta, Alice. Podemos tentar recomeçar, agora sem a presença de Adelaide e sem mentiras. Lembra quando éramos nós dois contra o mundo? Essa seria a melhor resposta que poderíamos dar a ela, seguir com nossas vidas. Ainda podemos ser felizes.*

Ele ainda tentou persuadi-la uma última vez. E acreditou que suas palavras haviam surtido o efeito que ele esperava. Foi então que mostrou o pequeno frasco com o líquido fatal para Alice, segurando-o como se fosse seu bem mais precioso naquele momento. E informou a ela que o descartaria de forma segura, assim que possível, já que não poderia simplesmente jogá-lo fora como um líquido qualquer porque sem querer poderia provocar a morte de animais e até mesmo de seres humanos que, porventura, entrassem em contato com a solução.

Fria e calculista, neste momento Alice trouxe à tona sua versão mais adorável e dócil. Aproximou-se de Diego, abraçou-o por alguns segundos. Eles se encararam. Quem estivesse assistindo à cena apostaria em uma reconciliação. Mas o destino de ambos já havia sido traçado. E não era mais o amor que os unia.

Ela disse que concordava com ele, não com a possibilidade de voltarem, mas de cada um seguir a sua vida da melhor forma possível, com o que havia sobrado deles. E que descartar o veneno seria o encerramento daquela história, mas quem o faria seria ela. Diego não teve muito tempo para pensar. Achou uma justificativa razoável e até mesmo simbólica, considerando principalmente o fato de ela ter sido a maior prejudicada com tudo o que havia acontecido.

Antes mesmo que ele pudesse titubear, ela estendeu a mão para receber o frasco.

— *Você não confia em mim?*

Sim. Ele confiava.

capítulo 30

Depois da última briga com a mãe, que havia acontecido na mesma semana em que reencontrou Diego, Alice descobriu toda a verdade. Ela se sentiu enganada, humilhada, rejeitada. Só não queria mais se sentir impotente e manipulável. Prometeu a si mesma que dessa vez seria diferente. Que as pessoas ao seu redor passariam a vê-la com outros olhos, a respeitá-la.

Durante a fatídica briga, quando caiu no chão, tentou jogar sua bolsa na mãe para que ela não continuasse a agredi-la. O ponto é que, antes de ir embora, depois que elas haviam dito tudo que precisavam uma para a outra, Alice recolheu suas coisas espalhadas pelo chão de forma rápida e sem muita atenção. Colocou em sua bolsa tudo que estava próximo a ela, só queria sair do apartamento o quanto antes, mesmo que deixasse algo para trás. Sem conferir o que havia levado para casa, foi apenas no dia seguinte, quando precisou pegar sua carteira para pagar o almoço, que se deu conta de que havia colocado ali também uma espécie de caderno que não era seu. Logo percebeu se tratar do diário da mãe, que provavelmente tinha caído da mesa durante a confusão das duas, que incluiu arremesso de objetos.

Voltou para casa e se debruçou sobre as folhas. Sabia que era uma invasão total de privacidade, mas estava tentada demais para não o fazer. Até aquele momento, Alice acreditava que não seria impossível se magoar ainda mais com a mãe. Mas estava enganada. Só queria sumir do mundo, ou pelo menos não fazer mais parte daquele em que Adelaide se revelava um monstro. Como era possível a mãe pensar tudo aquilo sobre ela? O que Alice tinha feito para que fosse tratada daquela forma? Cada palavra escrita por Adelaide cortava a filha como uma lança afiada e impiedosa.

Alice não conseguiu dormir naquela noite, nem nas que se seguiram durante toda aquela semana. Sua mente fervilhava, e sua única certeza era a de que precisava fazer alguma coisa. Depois de descobrir que havia sido traída pelo namorado e pela própria mãe, e de ter acesso ao diário dela, o ódio, que já era maior do que qualquer resquício de amor que um dia existiu, só fez crescer.

Com tudo que havia acontecido, esconder-se não era mais uma opção. Alice sabia que havia finalmente chegado a hora de enfrentar a mãe, de resolver tudo de uma vez por todas. Para sua surpresa, quando Diego lhe confessou seu plano inicial, achou a ideia genial. Durante aquele encontro que definiria o futuro dos dois, em poucos minutos conseguiu imaginar que, se ele fizesse tudo da forma certa, não haveria vestígios de quem seria o assassino. E por se tratar de uma toxina que não é encontrada no Brasil, talvez ela nem fosse identificada pela polícia. Mesmo que fosse, seria difícil associar Diego ao crime. *Isso se ele não fosse tão estúpido e covarde.*

No plano inicial, se usasse luvas para não deixar suas digitais, ele poderia ter entrado no chalé e injetado o veneno sem maiores dificuldades. Inclusive, ele poderia ter esperado ela dormir para não haver qualquer tipo de confronto ou resistência por parte dela. Mas Diego mais uma vez a decepcionou. Não apenas por não ter tido coragem de executar o que ele mesmo havia projetado, mas principalmente porque ele havia comprometido qualquer chance de passar despercebido pela polícia. Durante toda a semana, ele procurou Adelaide na empresa e em casa, e seria fácil perceber a insistência dele com acesso ao celular dela e aos registros de dezenas de ligações.

Se ele tivesse feito tudo como Alice havia previsto, talvez os dois tivessem uma chance real de recomeçar suas vidas sem maiores consequências, sem considerar, claro, tudo que Adelaide já havia feito com eles. Era a melhor alternativa, possivelmente a única, na visão de Alice. Mas Diego, mais uma vez, havia estragado tudo.

Quando percebeu que ele já havia recuado e que não executaria o plano, deu-se conta de que restava a Diego fugir novamente. Dele mesmo, dela, de Adelaide, das suas fraquezas. Mas Alice não se contentaria com isso. Não dessa vez. Estava cansada de fingir que estava tudo bem. Não estava havia tempos. Ela só não havia percebido quão fundo havia chegado no poço coberto de lama em que a mãe a jogara.

Durante toda a sua vida, Alice aceitou calada as maldades e os desmandos da sua progenitora. Precisava cortar, finalmente, o cordão umbilical para ter a oportunidade de sobreviver. Diferentemente de quando uma criança se abriga no útero da mãe, que a protege e fornece tudo que é necessário para que ela possa se desenvolver da melhor forma possível, Adelaide só ofertava dor, perdas e sacrifícios à filha, que se viu tão indefesa quanto um recém-nascido. A diferença é que, além de não poder contar com a proteção materna, ainda precisava lidar com os testes e crueldades de quem deveria lhe oferecer amor incondicional.

Alice estava tomada por uma raiva que completava o seu ser. Quis bater nela, provocar alguma reação. Matá-la, com suas próprias mãos se fosse necessário. Embora seus pensamentos estivessem desordenados e a fúria a tivesse invadido de uma forma nunca experimentada antes, sabia o que precisava fazer. Precisava pôr um fim naquela relação e na sua submissão. A ideia de usar o veneno do caracol lhe parecia cada vez mais tentadora. Depois de sair da casa de Diego naquele dia, prometeu que nunca mais se deixaria enganar por ninguém. Fosse por um homem, fosse por quem atravessasse seu caminho dali em diante. Sentiu uma força advinda de um lugar que ela desconhecia. Talvez fosse da chama acesa pela possibilidade de se vingar ou, na cabeça dela, de fazer justiça.

Como sabia que no final de semana a mãe estaria em Campos do Jordão sozinha, em um chalé afastado da cidade, julgou ser realmente essa a oportunidade perfeita. Colocaria seu plano em ação, não deixaria rastros e poderia, assim, lavar a sua alma e recuperar o mínimo da sua dignidade.

Alice conhecia o lugar por já ter se hospedado lá em anos anteriores, por isso foi fácil chegar sem fazer qualquer tipo de alarde e entrar na cabana antes que a mãe voltasse. Em posse da programação do evento, sabia exatamente quando ela voltaria do último compromisso profissional. Para sua surpresa, a porta da frente estava com a fechadura parcialmente frouxa, o que facilitou ainda mais seu acesso sem deixar vestígios. Ela havia levado algumas ferramentas e, caso fosse necessário, conseguiria arrombar. Mas, com um clipe de papel, conseguiu destravar a fechadura e entrar. Estava vestida de preto, cabelo amarrado para trás, e teve o cuidado de colocar luvas nas mãos para não deixar impressões digitais. Até aquele momento, tudo estava fluindo da forma que deveria.

O que Alice não esperava era que todo o ódio acumulado fosse direcionar suas ações e cegá-la. Ao lembrar as palavras da mãe em seu diário, como ela a havia tratado durante toda a vida e a relação dela com Diego, não conseguiu conter seu ímpeto e agressividade. O plano original, de apenas aplicar o veneno e sair, tornou-se secundário assim que seus olhos se cruzaram naquela noite.

A cada novo golpe, a cada gota de sangue que já encharcava suas luvas, ela parecia querer mais e mais. Suas lágrimas se misturavam com a sua dor, com sua revolta. Por fim, ela não conseguia pensar em mais nada, apenas que precisava injetar o líquido e acabar com tudo.

O fato é que elas já haviam acabado uma com a outra.

Quando foi surpreendida com uma mordida da mãe, entendeu que já era tarde demais para não ser identificada. Sabia que seu sangue, misturado à saliva de Adelaide, poderiam ser informações que contribuiriam para a identificação que, nestes casos, poderia ser feita de duas formas, pelo método odonto-legal, ou forense, e pelo DNA. Nada mais podia ser feito.

Depois de injetar o líquido em Adelaide, ela ainda ficou alguns minutos observando a mãe morrer.

epílogo

Havia mais da minha mãe em mim do que eu podia imaginar. Paralisada, assustada e dominada, foi como ela havia me feito sentir durante toda a minha vida. Não consigo me sentir culpada. Na verdade, hoje, não consigo sentir nada.

Mais uma vez, nos encontramos, seja na ausência de consciência ou na falta de sentimentos reais. A fragilidade do nosso vínculo era o que nos unia. Agora, depois de tudo, sinto-me forte como ela sempre me exigiu ser. O suficiente para não sentir mais medo. O bastante para me olhar no espelho.

Mais do que forte, sinto-me livre. Dela, de mim e de uma vida que nunca me pertenceu.

agradecimentos

Agradeço a Deus, que em sua infinita bondade conhece os nossos sonhos mais íntimos e nos permite realizá-los. Viver é melhor que sonhar. E a literatura sempre fez parte dos meus.

Ao time incrível da Increasy, em especial à minha agente literária, Graziela Reis. É um privilégio poder contar com vocês.

À minha editora, Natália Ortega. Sua sinceridade e profissionalismo são inspiradores.

À Astral Cultural, por ter acreditado no projeto e aberto suas portas para mim. Tenho certeza de que esse é o primeiro passo de uma parceria que nasce promissora.

Primeira edição (outubro/2023)
Papel de miolo Ivory slim 65g
Tipografias Minion Pro e Logic Monospace
Gráfica LIS